Das vorletzte Abendmahl

Für Leonard, Jonas, Zoé und Paul

ALF O'MEGA

Das vorletzte Abendmahl

War Jesus ein Yogi?

Bibliografische Information der Deutschen Nationalbibliothek
Die Deutsche Nationalbibliothek verzeichnet diese Publikation in der
Deutschen Nationalbibliografie; detaillierte bibliografische Daten sind im
Internet über http://dnb.d-nb.de abrufbar.

Umschlagdesign, Satz, Herstellung und Verlag:
BoD - Books on Demand, Norderstedt

ISBN 978-3-7578-7257-1

Inhalt

Vorwort

Es gibt tausende Bücher über Jesus. Warum noch eins?

Die historische Figur des Jesus von Nazareth erregt seit über 2.000 Jahren die Gemüter. Wir kennen ihn nur über die Berichte der Evangelien, geschrieben lange nach seinem Tod und von Menschen, die ihn gar nicht persönlich kannten. Es gibt ausführliche Berichte über seine Geburt. Danach taucht er als Zwölfjähriger im Jerusalemer Tempel auf und dann tritt er erst wieder mit etwa 30 Jahren in Erscheinung, lässt sich taufen und bringt die Frohe Botschaft Gottes in einer mehrwöchigen Missionsreise unters Volk, begleitet von allerlei Wundertaten.

Und was machte Jesus zwischen seinem 13. und 30. Lebensjahr? Lebte, studierte und arbeitete er in seiner Heimatstadt, schloss er sich einer Sekte an? Die Evangelien schweigen und so bleibt hier viel Platz für Spekulationen und Theorien.

Während einer neuntägigen Schweigemeditation hatte ich die »Inspiration«, dass auch Jesus nur durch tiefe Meditationen und die Verfeinerung seiner Intuition seine »göttliche Inspiration« bekommen haben kann. Warum nicht sogar in einem Kloster im damals spirituell fortgeschrittenen Indien? Auch die fantastisch anmutenden, ungewöhnlichen Fähigkeiten der Yogis könnte er hier erlernt haben, da viele seiner Wundertaten an sehr ähnliche Beschreibungen der Yogis erinnern.

Ich bin auch nicht der erste Autor, der die These vertritt. Aber je mehr ich mich in diese Gedankenwelt hineinversetzte, je größer wurde meine Überzeugung, dass es sich tatsächlich so zugetragen haben könnte. Letztendlich ist es aber nichts anderes als eine persönliche Interpretation meines Glaubens.

Dieses Buch hat auch einen großen autobiographischen Anteil. Deshalb schlüpfe ich in die Rolle des Mediziners Simon und schreibe überwiegend in der »Ich-Form«. Ich fühle mich nicht nur als »Beobachter« des Geschehens, sondern gebe auch meine Erfahrungen zum Besten, Erfahrungen, die ich in meinem eigenen Berufsleben als Arzt gesammelt habe.

Ich habe meine eigenen Gedanken und Interpretationen Jesus in den Mund gelegt. Deshalb benutze ich für Jesus und seine Freunde die heutige Umgangssprache. Es soll keine aramäische Übersetzung sein und auch bei der Beschreibung der damaligen Traditionen möge man mir so manche »unwissenschaftliche« Beschreibung als »künstlerische Freiheit« verzeihen.

Es ist eine fiktive Geschichte und erhebt keinen Anspruch auf die Wahrheit. Vielleicht regt es einige Leser an, ihre eigene subjektive Vorstellung über die christliche Religion und die Figur des Jesus von Nazareth zu überdenken.

Die ethischen Grundprinzipien fast aller großen Religionen sind sehr ähnlich. Es geht um eine humanitäre Lebensphilosophie, die das Zusammenleben der Menschen erleichtern und jedes Individuum zu einem glücklichen und erfüllten Leben führen soll. Hier gebe ich meine ganz persönlichen Gedanken für ein aktualisiertes, auf die heutige Zeit angepasstes »Christentum« weiter. Meiner Meinung nach muss jede Tradition und jede Religion für die aktuelle Zeit neu interpretiert werden. Nur so kann sie dauerhaft überleben.

Wie hätte Jesus wohl gesprochen, wenn er in der heutigen Zeit wiederauferstanden wäre? Vielleicht wie in diesem Buch …

Ein Freund

– Liebe! Liebe ist der Atem Gottes! Liebe ist der Schlüssel zum Paradies! Ist das denn so schwer zu verstehen?
Sah ich da einen Anflug von Zorn in dem sonst ewig milde lächelnden Gesicht von Jesus?
– Schwer zu verstehen ist es nicht, aber sehr schwer umzusetzen … in der Realität, entgegnete ich, während fast alle im Raum zustimmend nickten.
Aber fangen wir doch von vorne an!
Darf ich mich kurz vorstellen? Simon, 30 Jahre alt, Arzt für Allgemeinmedizin in Nazareth, niedergelassen in eigener, hausärztlich orientierter Praxis mit Interesse an alternativen Heilverfahren, treuer Ehemann und liebevoller Vater. Mit von der Partie war meine Frau Sarah. Wir kannten uns seit ihrem 17. Lebensjahr. Als wir uns zum ersten Mal begegneten, war es wie ein Wiedersehen, als wenn sich zwei alte Seelen für dieses Leben vor langer Zeit verabredet hätten. Sie ist eine wunderschöne Frau mit kleinen, aber glänzenden Augen, schlank mit weiblichen Formen und immer geschmackvoll und vorteilhaft gekleidet. Ich habe sie kennengelernt als aufmerksame Partnerin, mitfühlende Mutter und eine hervorragende Köchin. In der Praxis half sie mir, weniger mit wissenschaftlich-medizinischen als mehr mit psychologisch-therapeutischen Gesprächen und Ritualen, wobei ihre große Intuition und ihr offenes, wertschätzendes Wesen den Patienten Vertrauen einflößten.
Heute Abend waren wir beide Gastgeber eines ungewöhnlichen Abendmahls: Jesu Abschiedsessen von seinen besten Freunden vor seiner nicht ganz ungefährlichen Missionsreise. Jesus kannte ich seit meiner Kindheit. Wir waren Nachbarn und gingen zusammen in die Tempelschule.
Der heutige Abend begann nach Sonnenuntergang, ein ungewöhnlich farbenfroher Sonnenuntergang. Fast alle waren

schon versammelt, als Jesus eintrat. Fast zehn lange Jahre hatten wir uns nicht gesehen. Er hatte sich kaum verändert. Sein markantes, leicht gebräuntes Gesicht mit den dunklen strahlenden Augen, die wohlgeformte spitze Nase, der ausdrucksvolle Mund, umrandet vom kurzen, frisch rasierten Vollbart und die schulterlangen, schwarzen, leicht gelockten Haare. Der schlanke, muskulöse Körper steckte in einer hellen, sauberen, jüdischen Tunika. Es gibt wenige Menschen, die eine derartige Präsenz ausstrahlen, dass sie schon beim Eintreten den ganzen Raum mit ihrer Energie ausfüllen. Jesus war ein solcher Mensch. Früher schon, aber jetzt vielleicht noch mehr …

Echte Freunde muss man nicht dauernd treffen. Ja, manchmal sieht man sie eher selten. Aber wenn man sich – auch nach langer Zeit – wiedersieht, dann entsteht das Gefühl, als habe man sich erst gestern zuletzt getroffen. Jesus war ein solcher Freund. Wir fielen uns in die Arme.

Zwei Tage vorher

– Sei gegrüßt, Maria Magdalena!

Ich trat in den Vorhof des Hauses ein und die junge Frau erwiderte meinen Gruß mit einem aufrichtigen Lächeln. Sie sieht ja schon verdammt gut aus, dachte ich einen kurzen Moment.

– Fast so gut wie meine Frau Sarah, entschuldigte ich meine eigenen Gedanken.

– Sarah und ich geben eine Abschiedsparty für Jesus, bevor er zu seiner großen Mission aufbricht …

– … um die Welt zu retten!, unterbrach mich Maria Magdalena mit ihrem – wie immer – bezaubernden Lächeln.

– Kommen seine Eltern Maria und Josef auch?

– Nein, die Familienfeier mit seinen Eltern, Geschwistern, Onkel, Tanten und Cousins wird einen Abend später in seinem Elternhaus und nur im Familienkreis stattfinden. Wir laden nur seine besten Freunde und Freundinnen ein.

– Du weißt doch, dass Frauen in einer Männerrunde nicht gern gesehen werden!, entgegnete das hübsche Gesicht mit den mandelförmigen Augen und den fleischigen Lippen.

– Aber du weißt doch, dass sich Jesus wenig um Sitten und Traditionen schert. Und die meisten seiner Freunde kennst du sowieso, entgegnete ich und schlug vor:

– Dann bring doch deine Freundin Deborah mit! Und etwas mehr weibliche Präsenz könnte den Abend noch interessanter gestalten!

Maria Magdalena ließ sich nicht lange überreden. Da sie alleine lebte, war es sicherlich eine willkommene Abwechslung. Außerdem mochte sie Jesus. Wie weit dieses »Mögen« ging, war Gegenstand vieler Tuscheleien, und ehrlich gesagt, war ich auch etwas neugierig. Seit seiner Rückkehr aus Indien hatten sich die beiden schon mehrfach getroffen. Zum Diskutieren hieß es – rein platonisch. Nie würden wir mehr darüber erfahren! Aber einen kleinen Hintergedanken hatte ich bei der Einladung schon. Vielleicht erhasche ich ja einen verräterischen Blick oder vielleicht verplappert sich die eine oder der andere nach ein paar Becherchen Wein. Ich erschrak über meine eigene ungesunde Neugier.

Ein Tag vorher

Ich trat durch die unverschlossene Tür in die kleine Stube ein, nachdem niemand auf mein Anklopfen reagiert hatte. Es war nicht sehr aufgeräumt in Judas' Haus und allerlei Krempel lag auf dem Tisch und den Stühlen. Junggesellenwohnung! Ihm fehlt eine Frau, war mein erster Gedanke.
– Hallo, Judas, ich war so frei und bin schon reingekommen …
– Kein Problem, ich war im Garten.
Judas trat durch die Hintertür in den kleinen Raum. Seine schwarzen Haare bedeckten Ohren und Nacken, der wuselige Bart war schon länger nicht mehr rasiert, aber die braunen Augen strahlten mich an.
Beim Hereinkommen warf er beiläufig ein kleines Tuch auf den Tisch und verdeckte ein römisches Schwert. Ich tat so, als habe ich es nicht gesehen, und besann mich auf meine Schweigepflicht, die ich in diesen Zeiten nicht nur im medizinischen Bereich anwendete. Hätte ich den Römern einen Tipp gegeben, hätte es Judas' Kopf und Kragen kosten können. Waffenbesitz war den Juden streng verboten. Zu groß war die Angst vor den Zeloten, einer Widerstandsgruppe, die im Untergrund gegen die römische Besatzung kämpfte und mit ihrer Guerilla-Taktik den Römern und ihren jüdischen Kollaborateuren schon viel Schaden zugefügt hatte. Es gab Gerüchte, dass sich Judas mit Mitgliedern dieser Gruppe getroffen haben soll. Judas unterbrach meine Gedanken.
– Was führt dich zu mir? Jesus?
– Ja, ich weiß, du hast ihn schon getroffen nach seiner Rückkehr aus Indien. Bevor er wieder aufbricht auf seine Missionsreise, wollen Sarah und ich seine besten Freunde noch für ein letztes Abendmahl einladen. Hast du morgen Abend Zeit?
Judas und Jesus kannten sich schon seit der Schulzeit. Judas' Augen schienen sich in der Ferne zu verlieren.

– Wir hatten uns schon einige Male zusammengesetzt und über unsere gemeinsamen Ideen gesprochen. Leider sind wir nicht bei jedem Thema auf der gleichen Wellenlänge …

– Ich habe gehört, du willst ihn begleiten auf seiner Mission?

Judas nickte und antwortete:

– Jesus war immer schon ein besonderer Mensch. Aber seit seiner Rückkehr aus Indien hat er sich noch mal verändert, er hat eine unglaubliche Ausstrahlung, eine Präsenz, die ganze Räume füllt. Er strahlt eine natürliche Autorität aus. Wenn er redet, kleben die Menschen an seinen Lippen. Sie glauben ihm, sie folgen ihm. Gottes Worte strömen aus seinem Mund.

Judas ergriff meine Hand, als wolle er mich mitreißen in seinem Enthusiasmus.

– Ich bin überzeugt: Er ist der Messias, der Retter, den Gott uns versprochen hat. Er wird uns befreien aus dem Joch der Römer. Nur ein Wort von ihm und alle unterdrückten Völker werden sich erheben!

Vorsichtig löste ich meinen Arm aus seiner Umklammerung.

– Befreiung ja, aber ich glaube, über die Methode, die Vorgehensweise, habt ihr sehr unterschiedliche Vorstellungen.

Judas' Wortschwall ließ sich nicht unterbrechen.

– Deshalb werde ich ihn begleiten! Ich werde dafür sorgen, dass er die richtigen Leute trifft. Er wird sich seinem Einfluss, seiner Macht bewusst werden. Die Menschen haben hohe Erwartungen an den Messias. Sie sind der vielen umherreisenden Gurus mit ihren falschen Versprechungen überdrüssig geworden. Sie warten auf ein Wort Gottes, auf die Einlösung eines göttlichen Versprechens. Und Jesus wird seine Aufgabe erkennen müssen. Er war nicht umsonst in Indien, um all seine Fähigkeiten zu erwerben. Gott hat ihm den Weg gezeigt und jetzt muss er sich seiner Aufgabe stellen.

– Hoffentlich wirst du nicht enttäuscht, bremste ich ihn.

Judas lächelte, danach wurde seine Miene sehr ernst.

– Ich glaube an Jesus. Er ist ein ganz besonderer Mensch. Einer der ganz großen Propheten. Er wird sehr erfolgreich sein. Das wird ihm auch viel Feindschaft entgegenbringen. Ich werde darauf aufpassen, dass ihm der Erfolg nicht zu Kopfe steigt. Auch wenn ihn die Menschen für einen Gott halten, er soll sich immer darüber im Klaren sein, dass er zwar ein Prophet, aber ein sterblicher Mensch ist und dass er nur die Worte Gottes wiedergibt. Das Einzige, was ich von ihm verlange, ist, dass er sich vehement davon abgrenzt, wenn die Menschen ihn für einen Sohn Gottes halten.

Wir sahen uns lange an und schwiegen.

Ich wusste nicht, ob es eine gute Idee war, mit dieser Einstellung Jesus auf seiner Mission zu begleiten … dachte ich bei mir.

– Danke für die Einladung, ich komme gerne!, unterbrach Judas unser Schweigen.

Ich nickte freundlich und trat hinaus. Aber irgendwie hatte ich ein komisches Gefühl bei der Sache.

90 Tage vorher

Jesus ließ den Blick über die unendliche Weite der Landschaft schweifen. Von dem Felsen, auf dem er stand, blickte er zur untergehenden Sonne. Felsen, Steine, Geröll und Sand, so weit das Auge reichte. Aber auch eine eigenartige Faszination strahlte die Wüste aus. Eintönigkeit und Vielfalt zugleich. Die Wüste betäubt die Sinne und befreit die Seele. Der Horizont verblasst im sandigen Dunst und die gelbrote Sonne umspült die Felsen in unwirklichem Licht.
– Willst du dich finden, dann geh allein in die Wüste, hatte ihm der Täufer gesagt.

Jesus hatte sich entschlossen, eine 40-tägige Auszeit zu nehmen. Er suchte eine Höhle am Rande der Wüste auf, ein Ort, den Johannes ihm gezeigt hatte, nicht weit von der Stelle am Jordan, wo dieser seine berühmten Taufen durchführte. Eine eigenartige Energie lag über diesem Ort. Rundherum war alles trocken, nur Sand und Steine. Die Höhle lag an einem ausgetrockneten Flussbett, es gab eine Quelle, die aus dem Boden austrat und einen kleinen Teich bildete. Rundherum eine Mini-Oase: Gras, Sträucher, ja sogar zwei Dattelpalmen. Das einzige Kleidungsstück von Jesus war ein einfacher Umhang aus Leinen. Er hatte einen kleinen Rucksack mit einem Messer und einem Becher mitgenommen. Die ersten Tage ernährte er sich noch von Datteln, Blättern, Larven, Heuschrecken, aber dann ging er nach und nach zu komplettem Fasten über. Wasser gab es aus der Quelle im Überfluss.

Den größten Teil des Tages meditierte er in der Eintönigkeit der Felsenlandschaft, nachts unter dem Sternenhimmel. Schlaf brauchte er kaum.

Den ganzen Tag hatte er im Lotussitz und im Halbschatten vor einem Felsendom gesessen. Irgendwann hatte er diesen nur noch verschwommen wahrgenommen und das Ziel der Meditation verschmolz mit dem Meditierenden. Meditierender und Meditationsobjekt wurden zu einer einzigen Wahrnehmung. Subjekt und Objekt waren nicht mehr getrennt. Sie waren eine Einheit.

Jesus spürte, dass heute der Zeitpunkt für eine der wichtigsten und gleichzeitig schwierigsten Übungen gekommen war: die Levitation. Er hatte sie nie mit eigenen Augen gesehen, aber er hatte darüber in zahlreichen glaubhaften Berichten gehört. Der Geist beherrscht die Materie. Der Yogi kann durch seine Geisteskraft, die er in der Kombination von tiefer Meditation mit speziellen rituellen Übungen erreichte, selbst die Naturgesetze vorübergehend aufheben. Er war bereit für diese ultimative, spirituelle Erfahrung: das yogische Fliegen.

Die Sonne stand nun tief am Horizont. Jesus ging einen Schritt nach vorne und blickte über den Felsenrand in die Tiefe. Der Boden war im Schatten des Bergmassivs verschwunden.

– Spring!, hörte er seine eigene innere Stimme flüstern. Spring!

Sehnsucht und Fernweh

Machen wir einen Sprung zurück in mein bescheidenes Haus und zu diesem Abend des vorläufig letzten Abendmahls. Jesus war als Letzter eingetreten und hatte alle seine alten Freunde herzlich begrüßt und in die Arme genommen. Manche hatte er seit seiner Rückkehr schon besucht, andere sah er nach über zehn Jahren zum ersten Mal wieder.

Meine Frau Sarah hatte zusammen mit meinen Töchtern ein köstliches Abendmahl zubereitet, vielleicht das letzte gemeinsame mit ihm? Der Aperitif stand schon auf dem Tisch. Kleine Schälchen mit grünen und schwarzen Oliven, eingelegte Gurken, Sesamkerne und Pistazien. Das duftende, noch warme Fladenbrot aus Gerstenmehl wurde in unserem Holzkohleofen hinter dem Haus frisch gebacken. Dazu einen leicht perlenden, jungen Wein aus dem Libanon. Wir saßen um den großen viereckigen Tisch im Wohnzimmer. Entgegen den traditionellen Gewohnheiten saßen auch drei Frauen mit am Tisch: Maria Magdalena, die Händlerin, ihre Freundin Deborah, die Nonne, und meine Frau Sarah, die Heilerin. Auf der anderen Seite saßen mit mir seine alten Jugendfreunde: Judas, der ewige Student, Thomas, der Wissenschaftler, Nathan, der Kaufmann, Aaron, der Tempelpriester, und Jakob, der Kneipenwirt.

Jesus saß mir gegenüber und wir schienen gegenseitig unsere Gedanken zu erraten. Was für eine bunte Mischung der unterschiedlichsten Menschen!

Nach den üblichen Begrüßungsritualen und dem der Höflichkeit dienenden uninteressanten »kleinem Gerede« (neudeutsch »Small Talk«) wurde es ruhiger im Raum. Alle waren neugierig und blickten auf Jesus.

Zehn Jahre war er unterwegs gewesen, zehn Jahre weit weg von der Heimat, von Familie und Freunden, zehn Jahre Ent-

18

behrung und Strapazen. Welchen Sinn, welche Motivation hatte diese Reise? Warum hat er all diese Strapazen auf sich genommen? Was hat er gesucht? Was hat er gefunden? Jesus nahm einen Becher Wein, prostete allen zu und ergriff das Wort:

– Es hat mich immer schon interessiert: die existentiellen Fragen unseres Daseins. Was ist der Sinn des Lebens? Wer oder was ist Gott? Was ist unsere Aufgabe auf der Erde? Was kommt danach?

– Ich erinnere mich, bestätigte ich und fuhr fort:

– Du musst etwa zwölf gewesen sein, als du beim Passahfest im Tempel von Jerusalem mit den Priestern diskutiertest, unser kleiner, frühreifer Philosoph!

Jesus lächelte und fuhr fort:

– Mir hat es nie gereicht, nur die Schriften zu lesen, den Interpretationen der Priester zu folgen. Vielleicht enthalten sie die Wahrheit, vielleicht auch nicht. Geschrieben wurden sie von Menschen. Möglicherweise von Gott inspiriert. Aber wer weiß das schon?

– Und ich dachte schon, nur ich wäre der Ungläubige, rief Thomas. Ich kannte Thomas vom Studium. Er interessierte sich für alle Bereiche der Wissenschaft, für Astronomie, Astrologie, Anatomie sowie Tier- und Pflanzenkunde. Die Anwendung der Medizin war nie seine Berufung gewesen und er wechselte schnell in eine praktische Ausbildung. Er wollte alles rational erklären und stellte manchmal sogar unsere Religion infrage. Er hatte immer ein herausforderndes Lächeln auf den spitzen Lippen, die von einem spärlichen Bart eingerahmt waren. Seine durchdringenden braunen Augen wurden überragt von einer hohen Denkerstirn mit dem Ansatz einer Glatze.

Jesus mochte seine kritischen Kommentare und fuhr fort:

– Die Fragen nach unserer wahren Existenz ließen mich nicht los. Es musste doch mehr geben. Wenige Jahre später, auch wieder beim Passahfest, traf ich auf eine Gruppe Reisender. Sie waren mit einer Karawane aus dem fernen Orient gekommen, aus einem Land, das sie »Indien« nannten. Sie erzählten von exotischen Pflanzen und Tieren, von Völkern mit eigenartigen Kulturen, von Schlössern und Tempeln, von tiefer Religiosität und Spiritualität.

Jakob, der Witzbold, lachte, während er eine schwarze Olive in die Luft warf und mit dem Mund aufschnappte. Er schluckte sie runter und ergänzte:

– Und sie erzählten von Fakiren, die zaubern und fliegen können!

Jesus ließ sich nicht unterbrechen.

– Tatsächlich erzählten sie von Menschen, die jahrelang in strengster Askese lebten, ihren Geist durch Meditation so schulen konnten, dass sie nicht nur die Materie beherrschten, sondern auch »Erleuchtung« erlangen konnten. Die Verschmelzung der Seele mit dem Urgrund des Alls, die Verbindung mit Gott …

Jakob konnte sich das Schmunzeln nicht verkneifen.

– Und da dachte sich der kleine Jesus: Da musst du hin …

Jakob lachte fast immer. Er liebte es, alles und jeden durch den Kakao (oje, den gab es hier ja noch gar nicht!) zu ziehen. Er war der Witzvogel des Freundeskreises, seines Zeichens Kneipenwirt, von kleiner Statur mit dickem, rundem Bauch. Er liebte gutes Essen und Trinken, schöne Mädchen, verbotene Spiele – ein echter Lebemann. Jakob war nicht auf den Mund gefallen, Kneipengäste zogen bei Diskussionen fast immer den Kürzeren. Er war oft kritisch und sarkastisch – auf seine eigene, nette Art. Er goss sich noch einen Becher Wein ein und strahlte in die Runde.

Reisevorbereitungen

Jesus füllte ebenfalls sein Glas wieder auf und fuhr fort:
– Der Gedanke an eine Reise nach Indien ließ mich nicht mehr los. Natürlich machte ich noch die Schreinerlehre bei meinem Vater zu Ende. Diese Kenntnisse haben mir später tatsächlich geholfen. Aber ich wusste es schon seit langem. Das ist nicht meine Berufung! Als ich immer wieder Reisenden begegnete, die mir von den fremden Ländern erzählten, stand mein Entschluss fest. Ich muss dort hin. Nur da kann ich die Erfahrungen sammeln, die mir Erkenntnis bringen. Nur dort kann ich Dinge lernen, die nicht in den Büchern stehen. Nur da kann ich die Botschaft finden, die mir den Sinn meines Lebens und den meiner Mitmenschen erklärt …
– Dein Vater war sicher nicht begeistert, sagte Nathan, der Weise.
– In seiner Seele war er Händler, seine Augen glänzten, wenn er Silbermünzen sah. Seine hervorstehenden Wangen waren von einem kurzgeschorenen Bart umrandet. Eine kleine Kappe saß auf dem kurzgeschnittenen Haar. Er konnte von uns allen sicher am besten die Enttäuschung von Jesu Vater Josef nachvollziehen, da er selbst Söhne hatte, die ihm in sein Geschäft gefolgt waren. Jesus sinnierte und schien ins Leere zu blicken.
– Natürlich war er enttäuscht. Wie oft lobte er mich, was ich doch für ein guter Zimmermann wäre und wie viel Erfolg ich haben könnte, wenn ich seine Werkstatt weiterführen würde. Ich entgegnete, dass Jesse, mein jüngerer Bruder, mindestens genauso gut wie ich sei, er habe auch viel mehr Interesse an diesem Handwerk und ich würde gerne zu seinen Gunsten von meinem Erbe zurücktreten.
– Und deine Mutter Maria?, staunte Sarah, die Mutter meiner Kinder. Jesus lächelte und bestätigte:

– Erstaunlicherweise war sie schneller zu überzeugen als mein Vater. Ich glaube, sie wusste immer schon, dass ich nicht dazu geboren wurde, ein normales, bürgerliches Leben zu führen …

– Weibliche Intuition!, bestätigte Sarah.

– Ich glaube, sie wusste immer schon, dass du ein ganz besonderer Mensch warst und zu etwas Großem geboren wurdest. Du sollst ja unter einer ganz besonderen astrologischen Konstellation geboren worden sein. Und um deine Geburt ranken sich so allerlei Gerüchte. Wenn nur die Hälfte davon stimmt … Aber welche Mutter wünscht sich nicht, dass ihr Kind etwas Besonderes ist, ergänzte Sarah mit einem flüchtigen Seitenblick zu mir. Jesus fuhr fort:

– Letztendlich gaben mir beide ihren Segen für die Reise. Mein Vater Josef gab mir etwas Geld mit und meine Mutter Maria bereitete mir einen Rucksack mit praktischen Dingen und getrockneten Nahrungsmitteln vor. Ich fand eine Karawane, die von Jerusalem Richtung Indien loszog. Nach dem ersten Frühjahrsvollmond ging es los. Fast ein Jahr lang waren wir unterwegs. Es ging über Gebirge, durch Wüsten, brütende Sonne, heftigen Regen und Sandstürme. Wir litten unter Hunger und Durst, kämpften mit Krankheiten und Verletzungen, wir begegneten Kaufleuten, Hirten und Räubern, wir sahen fremde Städte, Religionen und Kulturen. Es ging durch das ehemalige Reich der Perser und wir trafen Anhänger des großen Philosophen Zarathustra. Es war Abenteuer pur.

– Genau das Richtige für einen 21-jährigen Burschen mit Fernweh und Wissensdurst, stimmte ich zu.

– Es war das erste große Abenteuer meines Lebens. Oft kam ich an meine körperlichen und psychischen Grenzen, aber ich bereue keinen Tag.

80 Tage vorher – die Versuchung

– Spring!, rief die innere Stimme immer lauter.
– Du wirst es nicht bereuen!

Die tiefrote Sonne war gerade hinter dem Horizont verschwunden und Jesus stand wieder einmal am Rand des Felsens. Ein Schritt vor ihm der Abgrund, die Tiefe, herausfordernd, anziehend, abstoßend … Er könnte jetzt die Arme ausbreiten und sich einfach in das Nichts fallen lassen. Und wenn er alles richtig gemacht hatte, würde er wie ein Vogel durch die Lüfte gleiten und sanft auf einem anderen Felsbrocken landen.

Jesus zögerte. Zweifel stiegen auf. Und wenn er nicht alles richtig gemacht hatte?

– Spring! Du bist ein Sohn Gottes! Der Herr wird dir Engel schicken, die dich auffangen! Spring! Die Stimme wurde immer aufdringlicher. Der Zweifel wurde größer! Ist die göttliche Intuition laut und aufdringlich? Will sie den freien Willen untergrabe? Ist es ein Engel oder ein Dämon, der hier zuflüstert? Oder sind es Halluzinationen aus einem hungernden, sonnenverbrannten Gehirn, was nicht mehr unterscheiden kann zwischen Vernunft und Hochmut.

– Spring!

Jesus blickte noch einmal in die tiefe schwarze Leere unter ihm. Er hatte keine Angst vor dem Tod. Aber er wusste, dass Gott ihm noch eine Aufgabe gegeben hatte. Und die musste er in diesem Leben noch durchführen.

– Spring!, schrie die satanische Stimme. Jesus hielt sich die Ohren zu und stieß einen überirdisch lauten, tierischen Schrei aus, der an den Felswänden widerhallte. Der Schrei durchfuhr alle seine Glieder wie ein spiritueller Reinigungsprozess.

Also sprach Zarathustra

Zurück in mein bescheidenes Haus, wo Jesus sich gerade ein Glas Wein eingeschenkt hatte. Seine Gedanken gingen zurück zur Karawane und die Durchquerung der Wüste Lut. Jesus führte seine Erzählungen fort:

– Der ewige Kampf zwischen Gut und Böse, zwischen den guten, göttlichen und den bösen, satanischen Mächten prägt die Religion der Anhänger des Zarathustra! Er hatte die Anhänger dieser Religion im damaligen Perserreich kennengelernt.

– Wer ist Zarathustra?

Aaron, der Priester, hatte aufmerksam zugehört, sah aber nachdenklich aus. Aaron war Tempelpriester, seine Eltern hatten arabische Wurzeln. Er war asketisch schlank, hatte einen leicht gräulichen Teint und war immer etwas zu ernst. Eine gewisse Schwere lag in seiner Ausstrahlung. Jetzt konnte er seine Neugier nicht mehr zurückhalten. Jesus erklärte:

– Zarathustra war ein Priester und Religionsstifter, der etwa zur gleichen Zeit wie wir Juden den Monotheismus, den Glauben an einen einzigen Schöpfergott und Weltenordner – Ahura-Mazda – verbreitete. Der Kampf zwischen Gut und Böse wird nach dieser Lehre am Tag des Jüngsten Gerichts entschieden. Die Menschen haben den freien Willen, sich für den göttlichen Weg der Wahrhaftigkeit zu entscheiden, um ins Paradies zu gelangen. Dies geschieht durch die Einhaltung von drei ethischen Prinzipien: Gutes denken, Gutes sprechen und Gutes tun. Auch glauben sie an eine unsterbliche Seele. Der Körper ist nur eine vorübergehende Herberge der Seele. Nach dem Tod wird der Körper weder vergraben noch verbrannt, er wird auf den »Türmen des Schweigens« ausgestellt und von Geiern entsorgt … Diese Ideen haben mich fasziniert und inspiriert, vielleicht kann man ja einiges davon in unserem Glauben übernehmen.

Jesu Begeisterung war zu spüren, während Aarons Miene zunehmend grauer wurde und sich versteinerte. Jesus blickte ihm direkt ins Gesicht und sprach:

– Und sie bringen ihrem Gott auch keine Opfer!

Aaron, der Opferpriester, wurde zunehmend unruhiger, während Jesus fortfuhr:

– Unser Gott ist ja unsichtbar und wir lassen keine Darstellungen zu. Die Anhänger des Zarathustra verehren ihren einzigen Gott im »Licht«! Sonne und Feuer sind weitere Symbole für die Repräsentation dieses Gottes in unserer Welt. Sie haben Feuertempel mit heiligen Flammen. In einigen dieser Tempel brennen »ewige Feuer«, die seit Jahrhunderten nie ausgehen und wahrscheinlich von einem brennbaren Gas aus der Erde gespeist werden.

Sonnengötter

Jesus starrte auf die Öllampe in der Mitte des Tisches und das gedämpfte Licht schien eine beruhigende Wirkung auf die Gruppe auszustrahlen.

– Es gibt noch eine andere Religion bei den Persern, die einen Licht- und Sonnengott verehrte: der Kult des Mithras. Er schien mit den Zoroastern, den Anhängern des Zarathustra, zu konkurrieren, obwohl ich den Eindruck hatte, die beiden Religionen würden sich gegenseitig beeinflussen.

– Wer war Mithras?, fragte Deborah neugierig.

– Mal wird er als eigenständiger Sonnengott dargestellt. Bilder zeigen, wie er mit Strahlenkranz auf dem Kopf auf einem von fliegenden Pferden gezogenen Wagen am Himmelsgewölbe entlangfährt. Nach einer anderen Legende wurde er von einem Vatergott gesandt, um als Weltenretter das Dunkle und Böse zu besiegen. Er wurde in einer Höhle geboren. Vor seinem Tod hielt er mit zwölf seiner Anhänger ein Abendmahl. Er wurde begraben und stand wieder auf von den Toten. Die Anhänger des Mithraskultes glauben an Himmel und Hölle und ein Jüngstes Gericht. Sie erwarten die Wiederkehr des Mithras, um das Böse endgültig zu besiegen. Als Sonnengott ist ihm nicht der Sabbath, sondern der Sonn(en)tag geweiht. Eines ihrer wichtigsten Sonnensymbole ist das gleichschenklige Kreuz. Neue Gemeindemitglieder werden in Wasser untergetaucht. Ihre wichtigsten Feiern sind astronomisch begründet, sie feiern wie viele andere Völker die Sonnenwenden und die Tagundnachtgleichen. Mithras' Geburtstag als Symbol des wiederkehrenden Sonnenlichts mit den länger werdenden Tagen wird drei bis vier Tage nach der Wintersonnenwende (25. Dezember) gefeiert.

Aaron war strenggläubiger Jude, aber auch belesen und all-

gemein gebildet. Er hatte sich intensiv mit anderen Religionen und Kulturen beschäftigt und bestätigte:
– Tageslicht und Sonne werden in vielen Religionen wie Götter verehrt und mit Ritualen bedacht. Nordische Völker feiern die Wiederkehr des Lichts ebenfalls an den Tagen der Wintersonnenwende nach Monaten der Finsternis. Ägypter, Griechen und Römer verehren ihre Sonnengötter. Bereits im alten Ägypten gab es den Versuch des Pharaos Amenophis IV., den damals verbreiteten Götter-Pantheon durch den Kult eines einzigen Sonnengottes zu ersetzen. Aber die Ägypter waren damals noch nicht so weit und die traditionelle Priesterschaft ließ diesen Versuch nach dem Tod des Pharaos schnell scheitern.

Aaron, der Priester, wurde prophetisch und sinnierte:
– Die Religion des Zarathustra hat bis heute überlebt und ich glaube, dass sie auch Zukunft haben wird. Der Mithraskult wurde von Legionären auch ins Römische Reich gebracht. Er wird sich ausbreiten, einen Höhepunkt haben und ein Ende. Einige seiner Lehren werden möglicherweise in anderen Kulturen aufgehen.

Leben nach dem Tod

Aaron fuhr fort:
– Das Konzept einer unsterblichen Seele und eines Lebens nach dem Tod gehört nicht zu der traditionellen Auffassung des Judentums. Wir leben in unseren Nachfahren fort und nach vielen Geschichten unserer alten Schriften müssen unsere Kinder und Kindeskinder für das von uns verursachte Unheil büßen. Ein Leben nach dem Tod mit einer Art »Jüngstem Gericht« mit der Belohnung der Guten im Himmel und der Bestrafung der Bösen in der Hölle ist eher der ägyptischen, griechischen und römischen Religionsvorstellung vorbehalten.
– Und Teil der altpersischen Religionen, wie wir gerade gehört haben, ergänzte Deborah.
– Jetzt stellt sich nur noch die Frage, ob diese unsterbliche Seele bis auf alle Ewigkeit in Himmel oder Hölle verweilt oder ob sie im Rahmen von Wiedergeburten auf der Erde oder sonst wo im Universum eine oder mehrere neue Chancen bekommt. Gibt es Beweise oder zumindest Hinweise auf ein Leben nach dem Tod?

Jesus nahm sich noch ein Stück von dem köstlichen Fladenbrot und segnete den Bissen, bevor er ihn in den Mund nahm. Nachdem der Mund wieder leer war, fuhr er fort:
– Auf meiner Reise bin ich einigen Menschen begegnet, die offenbar gestorben waren und nach einigen Tagen wieder wach wurden.
– Von den Toten auferstanden?, warf Thomas, der Skeptiker, ein. Das gibt es nicht!

Jesus widersprach:
– Das dachte ich früher auch, aber Geschichten über sogenannte »Nahtoderlebnisse« existieren schon seit Jahrtausenden. Warum sollen wir solchen Menschen, die tot waren und wieder

zurückkamen, nicht einfach zuhören? Vielleicht können wir von ihnen etwas lernen. Sie berichten – jeder auf seine Weise und sicher auch geprägt durch die jeweilige Kultur und Erziehung – erstaunlich übereinstimmend über ihre fantastischen Erlebnisse.

Jesus stand auf und machte einige Schritte um den Tisch herum, als wolle er den Rücken etwas strecken. Dann setzte er sich wieder.

– Auf der Reise durch die Wüste Lut in Persien ist ein junger Kaufmann von seinem Kamel gestürzt und schlug mit dem Kopf auf einem Stein auf. Er blutete aus einer Kopfplatzwunde, die aber nicht so schlimm aussah. Er war aber sofort tief bewusstlos und nicht aufweckbar. Wir konnten weder ein Atmen noch einen Herzschlag feststellen und gingen davon aus, dass der Sturz für ihn tödlich war.

Jetzt unterbrach ich Jesus und berichtete aus eigener Erfahrung in meiner Arztpraxis:

– Manchmal ist der Atem so flach und so langsam, dass man ihn nicht mehr spüren kann. Manchmal schlägt das Herz so leise und so langsam, dass man keinen Puls mehr fühlt und dass man tatsächlich den Eindruck hat, der Mensch wäre tot, obwohl er in Wirklichkeit noch auf Sparflamme weiterlebt. Deshalb gelten erst die Totenstarre und die Totenflecke als sichere Todeszeichen, die aber erst einige Stunden später auftreten.

Jesus fuhr mit seiner Wüstengeschichte fort:

– Wir betteten ihn in ein Zelt und viele Mitreisende besuchten ihn, hielten seine Hand und beteten um ihn. Tatsächlich wurden seine Glieder nicht starr und wir beobachteten auch keine Blutergüsse an den aufliegenden Körperteilen. Aber er konnte weder essen noch Getränke zu sich nehmen. Wir überlegten schon, ob wir ihn in der Wüste unter Sand und Steinen – fernab seiner Heimat – und mit nur eingeschränkten Totenritualen beerdigen sollten … Dann schlug er nach drei Tagen plötzlich die Augen auf und alle Anwesenden sprangen überrascht und entsetzt zurück. Zunächst redete er etwas durcheinander und konnte sich an seinen Unfall und die Stunden davor nicht mehr erinnern. Wir gaben ihm Wasser und später etwas zu essen.

– Hatte er Lähmungserscheinungen an Armen oder Beinen, hatte er Sprachstörungen, Schwindel oder Kopfschmerzen?, fragte ich als Mediziner interessiert.

– Nichts von alledem. Nach kurzer Zeit war er wieder der Alte. Einige fragten, ob er denn in der Zeit des langen Schlafes geträumt habe. Er gab nur ausweichende Antworten und ich hatte den Eindruck, dass er nicht vor allen über seine Träume sprechen wollte. Vielleicht hatte er Angst, von den anderen für verrückt gehalten zu werden.

– Aber du hieltest ihn nicht für verrückt?

– Am Abend suchte ich ihn in seinem Zelt auf und wir aßen zusammen. Zunächst sprachen wir nur über belanglose Dinge. Aber als er etwas Vertrauen zu mir gefasst hatte, sprudelte es wie eine Fontäne aus Worten aus ihm heraus. Er war überzeugt davon, dass er tatsächlich tot war, dass er andere Welten besuchen durfte und dass er sogar eine Begegnung mit Gott hatte. Es war so schön, dass er nicht zurückwollte. Aber dann wurde ihm mitgeteilt, dass seine Zeit noch nicht gekommen sei, dass er auf der Erde noch etwas zu erledigen habe. Aber seitdem war er überzeugt, dass das Leben mit dem Tod nicht zu Ende ist und dass niemand Angst vor dem Tod haben brauche.

In der Runde herrschte betretenes Schweigen. Man hätte eine Stecknadel auf den Boden fallen hören können. Deborah, die Neugierige, bohrte weiter:

– Was hat er denn genau erzählt von der anderen Welt?

Jesus versuchte sich an die Worte des jungen Mannes zu erinnern:

– Nach dem Sturz verließ seine Seele, die offensichtlich unsterblich ist, den Körper. Er konnte die ganze Szene von außen betrachten, als wenn er über sich selbst schwebte. Er sah die Menschen, die um ihn herum waren und versuchten, ihn wiederzubeleben. Er hörte ihre Worte, ja konnte sogar teilweise ihre Gedanken lesen. Und gleichzeitig sah er seine Familie und seine Freunde weit weg zu Hause, die etwas Ungewöhnliches zu verspüren schienen. Raum und Zeit hatten keine Bedeutung mehr. Er berichtete, wie er durch einen langen dunklen Tunnel irrte und auf ein unwirkliches Licht zuging. Dabei begegnete er Menschen, Familienmitgliedern, Freunden und Bekannten, die vor ihm gestorben waren. Sie wollten ihm helfen, sich in dieser neuen, unbekannten Welt zurechtzufinden.

Alle hörten auf zu essen und schauten gebannt auf Jesu Lippen.

– Er kam in einem unangenehmen, dunklen, schlammigen Raum an. Hier gab es ein lautes rhythmisches Pochen, unangenehm für das Gehör, einen grässlichen Gestank und diese Welt war voller grauenhafter Gestalten in Tier- oder Menschenform.

– Vielleicht war das die Hölle, wie sie in den alten Schriften beschrieben wird?, fragte sich Aaron. Jesus fuhr fort:

– Musste er hier ewig bleiben? Er wusste nicht, wie lange er sich hier aufgehalten hatte. Irgendwann kam eine Gestalt aus weiß-goldenem Licht auf ihn zu.

– Ein Engel?, fragte Deborah verzückt. Jesus sprach weiter:

– Dieses Geistwesen nahm ihn bei der Hand und führte ihn in eine andere Dimension, eine andere Welt.

Er beschrieb eine lichtvolle, prachtvolle, erdähnliche Landschaft mit Bäumen, Blumen, Bergen, Wasserfällen und bunt gekleideten fröhlichen Menschen. Dazu eine herrliche volltönende melodische Musik und »himmlische« Düfte.

– Das Paradies, der Garten Eden unserer Ur-Eltern Adam und Eva?, fragte Deborah, die Verzückte. Jesus erinnerte sich an die Worte des jungen Kaufmanns:

– Auch hier gab es kein Gefühl von Raum und Zeit! Irgendwann führte ihn die engelhafte Gestalt in eine weitere Dimension. Ein strahlendes Licht, ein durchdringender Urton, das »Om«! Er fühlte eine Wärme, ein durchdringendes Mitgefühl, ein Gefühl einer allumfassenden, uneingeschränkten Liebe. Es gab eine persönliche Kommunikation. Er hatte viele Fragen und sofort war die Antwort da. Die Botschaft war: »Du wirst geliebt! Du bist geschützt! Dir ist vergeben! Du machst alles richtig!«
– Er wollte hier für ewig bleiben, aber der Engel teilte ihm unmissverständlich mit, dass seine Zeit noch nicht gekommen sei. Er wusste nun, dass sein Sturz kein Zufall war. Er wusste, dass Gott ihm hiermit ein Privileg, das nur wenige Menschen bekommen, gegeben hatte. Er durfte einen flüchtigen Blick hinter den Vorhang erhaschen. Aber er wusste auch, dass er auf der Erde noch etwas zu erledigen hatte.

Einen Augenblick herrschte noch Totenstille im Raum. Dann brach ein geschäftiges Schwatzen los. Fast jeder hatte schon von diesen »Nahtoderlebnissen« gehört. Einige kannten Menschen, die Ähnliches erlebt hatten. Und irgendwie ähnelten sich alle diese Geschichten sehr stark.

Ich konnte diese Geschichten aus meiner Erfahrung als Medicus bestätigen. Wie oft musste ich Menschen beim Sterben begleiten. Ich ergänzte:
– Der Sterbeprozess verläuft in mehreren Phasen: In der ersten Phase kann der Mensch sein Bett nicht mehr verlassen, die »Erdung« lässt nach. Diese erste Lockerung zwischen Körper und Seele wird oft als »Schwebezustand« zwischen Traum, Schlaf und Wachbewusstsein erlebt. In der zweiten Phase treten Bilder des Lebens an die Oberfläche. Der Mensch möchte mit sich ins Reine kommen und Unerledigtes klären. Hier kann der Sterbehelfer unterstützend intervenieren. In dieser Phase werden oft schon Kontakte zur anderen Welt hergestellt und verstorbene Verwandte oder Lichtgestalten werden wahrgenommen.

In der dritten Phase wird ein letztes Aufgebot aller körperlichen Reserven erlebt. Für Außenstehende kann es friedlich und sanft erscheinen oder aber mit Schreien, Stöhnen oder einem »Sich-Aufbäumen« einhergehen. Jetzt öffnen sich die Tore zum Jenseits, es wird oft unirdisches Licht wahrgenommen oder paradiesische Landschaften werden beschrieben. In der vierten und letzten Phase sistieren die Körperfunktionen wie Herzschlag und Atmung. Der Verstorbene ist von Frieden und Licht erfüllt, sieht und hört aber noch alles, was um ihn herum geschieht. Manche Menschen sterben gerne in der Gegenwart ihrer Lieben, andere warten auf einen Augenblick, in dem sie alleine sind. Sie können alleine besser loslassen. Es hilft ihnen, wenn die Anverwandten ihm ein »Du darfst gehen!« vermitteln. Bis hierher gibt es noch die Möglichkeit, wieder in die hiesige Welt zurückzukommen, wie Jesus es beschrieben hat. Wenn aber die »Silberschnur«, das feinstoffliche Band, was Körper und Seele zusammenhält, durchtrennt ist, gibt es kein Zurück mehr (Prediger 12.6–7).

Leben im Hier und Jetzt

Deborah, die Fromme, dachte laut nach:

– Ist das Leben nach dem Tod nicht das eigentliche Leben. Ist es nicht das, wonach wir in diesem Leben streben sollten? Warum müssen wir hier so viel Leid ertragen? So viele Mühen und so viel Ungerechtigkeit? Ist der Tod nicht eine Befreiung vom irdischen Mühsal? Warum können wir den unvollkommenen, verderblichen, alternden Körper nicht zurücklassen und uns an der Schönheit der unsterblichen Seele erfreuen? Wie würden die Römer sagen? Memento mori! (Lat. Gedanke des Todes!)

Alle schwiegen. Nach einer kurzen Pause ergriff Jesus wieder das Wort:

– Nur in einem irdischen Körper und auf dieser Erde kannst du lernen und Erfahrungen sammeln. Die Fähigkeiten deines Geistes sind zwar reduziert und du wirst die ganze Welt mit deinem Verstand erklären wollen. Die Sinnesorgane vermitteln dir ein Trugbild, was die Inder »Maya« nennen. Du lebst in einer Traumwelt, aus der du erst nach deinem Tod erwachst. Aber hier kannst du vieles erleben, eine Scheinwelt, ein Theaterstück mit wunderschönen, aber auch mit schrecklichen und grausamen Seiten. Hier hat deine Seele die Möglichkeit, alle Emotionen zu durchleben, hier spürst du Angst, Sorge, Trauer, Hass, aber auch Freude und Liebe. Du hast die Macht und die Freiheit, im Verlauf des Theaterstücks einzugreifen und es zu verändern. Du kannst die Welt verschlechtern oder auch verbessern!

– Aber die Yogis, die einen Großteil ihres Lebens in Askese in den Höhlen des Himalayas, in der Wüste oder in einem Ashram verbringen, verpassen sie nicht das eigentliche, das wahre Leben mit seinen Höhen und Tiefen?, fragte ich Jesus.

– Versuchen sie nicht, ihre Sinnesorgane »abzuschalten«, um

den »inneren Sinnen« mehr Platz zu geben. Ist nicht diese »übersinnliche« Erfahrung der Weg zur Glückseligkeit und zur Vereinigung mit Gott? Ist es das, was wir als »Erleuchtung« bezeichnen?

Jesus lächelte.

– In Indien gibt es viele Meister, die diesen Weg gegangen sind. Diese Meister haben viele Schüler und nur die wenigsten dieser Schüler schaffen den Weg zur eigenen Meisterschaft. Wenn ich von Indien zurückgekehrt bin und jetzt hier bei euch sitze, dann bedeutet das doch, dass ich ein Leben des Rückzugs und der Askese nicht für den richtigen Weg für alle Menschen halte. Es ist gut und hilfreich, sich in gewissen Zeiten einmal zurückzuziehen und über das Leben, über Gott und die Welt zu meditieren. Meditation kann eine große Hilfe sein, um die Herausforderungen des Lebens zu meistern. Sie sollte aber nicht zum Selbstzweck und damit zum eigentlichen und einzigen Ziel des Lebens werden. Askese und Meditation sind Nicht-Leben. Nehmt euch diese wertvolle Auszeit, dann aber kommt zurück in diese Welt, auch wenn es nur eine Trugwelt ist.

– In einer Trugwelt leben und nicht in der eigentlichen, der wahren Realität, ist das wirklich erstrebenswert?, fragte sich Aaron.

– Diese Trugwelt, dieser geträumte Kosmos, ist unendlich schön und wertvoll, wenn wir ihn mit unserem vollen Bewusstsein im Hier und Jetzt erleben. Viel zu oft leben wir in der Vergangenheit und identifizieren uns mit negativen Erfahrungen, mit unseren Traumatisierungen und unseren Ängsten und viel zu oft leben wir in der Zukunft mit unseren Plänen, Bedürfnissen und Sorgen. Wann sind wir tatsächlich mal im Hier und Jetzt? Wann sind wir mit vollem Bewusstsein im gegenwärtigen Augenblick?

– Selten!, warf Deborah, die Weltabgeschiedene, ein.

– Aber ist es nicht normal, die Vergangenheit zu verarbeiten und die Zukunft zu planen?

– Es ist normal, erwiderte Jesus, dass wir uns mit unserer Vergangenheit beschäftigen, dass wir aus unseren guten und schlechten Erfahrungen lernen. Aber wir sollten auch hier in den »Beobachter-Modus« treten und uns nicht mit der Vergangenheit identifizieren. Vergangenheit ist eine Konstruktion in unserem Geist. Im jetzigen Augenblick ist sie vergangen, sie existiert nicht mehr.

– Aber wenn jemand in der Vergangenheit etwas sehr Schlechtes getan hat, was er heute bereut? Wenn er ein Verbrechen begangen hat, wenn er gesündigt hat, wenn ihn diese Sünde nicht mehr loslässt, wenn sie an ihm haftet wie ein böser Dämon, wenn es alle Tagestätigkeiten erschwert und die Nächte mit Alpträumen füllt?

Judas hatte gesprochen und schien Tränen in den Augen zu haben. Hatte er etwas getan, was er bereute, was ihn quälte und sein Leben dirigierte?, fragte ich mich. Jesus sah ihn mitfühlend an.

– Wenn du deine Tat tief in deinem Herzen bereust und alles getan hast, es wiedergutzumachen, soweit es in deiner Macht steht, dann … Dann musst du dir selbst verzeihen! Dann verzeiht dir Gott!, antwortete Jesus und sein Blick wirkte verklärt.

– Ich bin auch auf dieser Welt, um euch mitzuteilen, dass unser gütiger Gott unsere Sünden vergibt! Alle Sünden dieser Welt würde ich auf meinen Rücken, auf mein Kreuz nehmen, um die Menschheit endlich von der Last ihrer Vergangenheit, von der Identifikation mit ihr zu befreien. Lebt im Hier und Jetzt und nicht in einer wie auch immer gearteten Vergangenheit.

Maria Magdalena unterbrach ihn:

– Aber die Zukunft? Heute müssen wir säen, arbeiten und

planen, um morgen etwas auf dem Teller zu haben. Es ist also normal, ja lebenswichtig, wenn wir uns mit der Zukunft beschäftigen.

Jesus blickte nach oben, als ob er etwas durch den Raum fliegen sähe.

– Seht die Lilien auf dem Felde und die Vögel im Himmel. Sie arbeiten nicht und unser Gott versorgt sie doch.

Thomas räusperte sich:

– Der Vergleich hinkt! Die Lilien saugen den ganzen Tag Wasser und Nährstoffe aus dem Boden. Und die Vögel sind den ganzen Tag damit beschäftigt, nach Nahrung zu suchen. Leben sie dann nicht auch in der Zukunft?

Jesus parierte:

– Zukunft ist genauso wie Vergangenheit ein Gespinst unseres Geistes. Sie existiert nur in unseren Gedanken. Nur die Gegenwart ist Realität. Natürlich ist die Tätigkeit der Lilien und Vögel auf das Überleben und damit auf die Zukunft gerichtet, auf saftige Blütenblätter und einen vollen Bauch. Bei der Suche nach Nahrung leben und agieren sie jedoch ausschließlich im Jetzt. Und selbst wenn die Blumen nach kurzer Zeit gepflückt und die Vögel getötet werden sollten. Den morgigen Tag würden sie dann nicht mehr erleben. Das Erlebnis des heutigen Tages aber haben sie in vollen Zügen genossen. Das ist es, was ihr von Pflanzen, Tieren und Kindern lernen sollt. Jesus fuhr fort:

– Natürlich soll euer Leben einen Sinn, ein Ziel haben. Und dieses Ziel projiziert ihr in eure Zukunft. Aber identifiziert euch nicht mit diesem Ziel. Genießt den Weg zum Ziel in vollen Zügen. Und selbst wenn ihr dieses Ziel nie erreichen solltet, mit dem bewussten Wandeln auf diesem Weg gebt ihr eurem Leben den eigentlichen Sinn.

– Der Weg ist das Ziel, warf Nathan ein. Es sollte der Wegspruch vieler Pilger werden.

– Und wenn ich wüsste, dass morgen die Welt unterginge,

dann würde ich heute noch ein Apfelbäumchen pflanzen, ergänzte Sarah, die Tiefgründige (wurde später von Martin Luther zitiert; Anm. des Verfassers).

– Nutze den Tag (lateinisch: »Carpe diem«)!, bestätigte Thomas.

– Werdet wie die Kinder und ihr seid dem Himmelreich nahe, ergänzte Jesus.

– Sie kümmern sich nicht um Vergangenheit oder Zukunft. Sie leben im Hier und Jetzt und sind Gott sehr nahe. Nur im Hier und Jetzt könnt ihr die Präsenz Gottes erfahren. Aus dem bewussten Leben des Augenblicks könnt ihr Intuition und Kreativität entwickeln!

– Ich glaube, alle von uns haben jetzt versucht, störende Gedanken beiseitezuschieben und diesen einmaligen Augenblick voll in uns aufzunehmen. Dieses Gefühl, Glück? Gelassenheit? Vielleicht ja auch nur die Bewusstheit, die Achtsamkeit, die Akzeptanz dessen, was ist … Als fühlte ich mich Gott schon ein Stück näher.

– Auch in dieser Welt können wir Glückseligkeit erleben, sei es auch nur für einige Augenblicke. Die Verbindung zu Gott können wir überall und jederzeit herstellen, wir brauchen dazu keine Höhle, keine Wüste und auch keinen Tempel! Der Schlüssel ist die Liebe! Sie ist unerschöpflich und sie ist das Einzige auf dieser Welt, was sich dadurch vermehrt, dass wir sie verschenken.

Ankunft im Orient

– War es nicht der Sinn unseres Treffens, dass du uns über die Erfahrungen während deiner Reise berichten wolltest? Wie war die Ankunft in Indien?, fragte Maria Magdalena, die Ungeduldige.

Jesus lächelte ihr zu und nahm den Faden wieder auf:

– Als wir den Indus, ein breiter Fluss wie Nil und Jordan, überquerten, glaubte ich, in eine andere Welt versetzt worden zu sein. Fruchtbare Ländereien, Felder, Menschen über Menschen, enormer Reichtum und bittere Armut, fröhliche bunte Tempel, übersät mit Götterfiguren … Die Hauptreligion der dort lebenden Völker ist der Hinduismus. Sie scheint eine der ältesten großen Religionen der Welt zu sein. Auf den ersten Blick sieht es nach einer Vielgötterreligion aus, so wie bei den Römern und den meisten anderen uns bekannten Völkern. Ich habe mich oft mit ihren Priestern unterhalten. Im Grunde glauben sie auch an einen höchsten Gott, den Urgrund des Alls. Alle nachfolgenden Wesenheiten, die »Devas«, die von uns fälschlicherweise als »Götter« übersetzt werden, stellen nur energetische Einzelaspekte der einen großen Gottheit dar. Man gibt ihnen symbolisch Formen, oft Fantasiegebilde zwischen Mensch und Tier. Beispielsweise wird Ganesha, eine Art »Glücksgott«, mit einem Elefantenkopf auf einem menschlichen Körper dargestellt. Diese »Untergötter« werden in bunten Bildern und Statuen in unendlich vielen kleinen Haustempeln oder großen Tempeln an heiligen Orten verehrt.

Aaron, der Fromme, wurde misstrauisch.

– Haben sie wie wir auch heilige Schriften?

Jesus sah ihn belehrend an.

– Es gibt uralte Bücher, die Veden, die Upanishaden und die Bhagavadghita, die in Versform in der uralten Sprache

»Sanskrit« Götter- und Heldensagen beschreiben, aber auch die Regeln für das tägliche Leben der Gläubigen überliefern.

– Gib mal ein Beispiel, ergriff Maria Magdalena jetzt wieder das Wort.

– Wie in vielen anderen Religionen gibt es auch hier die Idee der Dreieinigkeit oder Dreifaltigkeit des einen Gottes. Er wird sozusagen in drei Hauptgottheiten unterteilt: **Brahman**, der Urgrund des Alls als Prinzip der Schöpfung, **Shiva**, das Prinzip von Zerstörung und Erneuerung, und **Vishnu**, das Prinzip der Erhaltung. Es gibt gewaltige Epen, die niedergeschrieben wurden und bei Festen von Erzählern vorgetragen oder von Schauspielern immer wieder dargestellt werden. Das bekannteste ist das Ramayana, die Geschichte von Rama, einer der vielen Inkarnationen von Vishnu. Eine andere bekannte Inkarnation von Vishnu ist Krishna.

Seelenwanderung

– Inkarnation ist Seelenwanderung? Aaron verzog das Gesicht.
Jesus ergriff ein Stück Brot und dann wieder das Wort.

– Die Hindus glauben ebenfalls an eine unsterbliche Seele,
die sich im Laufe tausender unterschiedlicher Inkarnationen
weiterentwickeln kann. Sie glauben nicht, dass sich die Seele
nach dem irdischen Tod bis in alle Ewigkeiten im Himmel
oder in der Hölle aufhält. Sie glauben, dass sich die Seele nach
einer mehr oder weniger langen Wartezeit in ein neues Wesen
inkarniert. Sie glauben, dass die Seele sich zunächst in Tieren
entwickelt, die weitere Entwicklung sich dann in Menschen
fortsetzt. Je nach dem in einer Inkarnation geführten Leben
lässt sich die darauffolgende Inkarnation beeinflussen. Das
Karma, die guten und bösen Taten des Lebens, entscheidet
darüber, in welchem Körper die folgende Inkarnation stattfinden wird.

– Dann kann man offenbar aufsteigen oder absteigen? Himmel
und Hölle wären dann eher Episoden in einem oder einigen
dieser Leben, sinnierte Deborah, die Nonne. Sie lebte in einem
Kloster, hatte kurz geschorene Haare und einen blassen Teint.
Seit der Kindheit, noch bevor sie das Keuschheitsgelübde ab-
legte, war sie eine gute Freundin von Maria Magdalena. Sie
war bei weitem nicht so attraktiv wie diese. Nicht selten sah
man dieses ungleiche Freundinnenpaar bei gemeinsamen Spa-
ziergängen, vertieft in philosophische Diskussionen. Deborah
hatte eher eine langweilige Ausstrahlung, lebte überwiegend
asketisch und war gerne moralisierend.

– Bei vielen schlechten Taten wird man als Frosch wiederge-
boren, bei vielen guten Taten als König?, lachte Jakob, der
Respektlose, amüsiert.

Aaron, der Konservative, warf ein:
– Ich kann mit dem Gedanken einer körperlichen Wiederge-

burt nicht warm werden. Sicher ist die Seele unsterblich. Ich glaube, dass wir nur ein einziges irdisches Leben zur Verfügung haben. Nach dem Tod entscheiden die guten und bösen Taten dieses Lebens, das »Karma«, wie du es nennst, über das weitere Schicksal der Seele. Ich finde die Idee eines »Jüngsten Gerichts« sehr ansprechend. Das erinnert mich an das Totengericht der alten Ägypter. Das Herz der Verstorbenen wird von Anubis, dem Totengott mit dem Schakalkopf, auf eine Waage gelegt. Hat es zu viele negative Energien angesammelt, wird der Tote von den Dämonen gequält, ein »gutes« Herz, das leichter als eine Feder ist, wird in himmlische Sphären gehoben und darf sich auf ein ewiges Leben freuen. Das erinnert mich auch an deine Ausführungen über den Glauben der persischen Anhänger des Zarathustra und des Mithraskultes, die hier von »Himmel« und »Hölle« sprechen.

Maria Magdalena hatte lange zugehört und erwiderte:

– Ich finde die Idee der Reinkarnation besser, dann hat man mehrere Chancen und kann unter Umständen die Verfehlungen dieses Lebens in dem anderen Leben wiedergutmachen.

– Das hast du ja auch nötig!, bemerkte Jakob, der Zügellose, etwas sarkastisch, obwohl gerade er sich von allen aus dieser Runde die meisten Gedanken um sein Seelenheil machen müsste. Maria Magdalena ergriff jetzt wieder das Wort und ergänzte:

– Die Armen und Defavorisierten unserer Gesellschaft wären an ihrem Schicksal dann selbst schuld! Dann haben sie sich wohl im letzten Leben schlecht benommen. Aber das widerspricht ja total unserer Auffassung, dass alle Menschen gleich sind. Oder zumindest gleichwertig!

Jesus fuhr fort:

– Diese Idee der Reinkarnation ist in Indien eng mit der Gesellschaftsstruktur verbunden. Es gibt eine strenge Hierarchie von sogenannten »Kasten«. Die ursprüngliche Idee war wohl die Unterteilung der Menschen in verschiedene Berufsgruppen. Je nach persönlicher Fähigkeit und persönlichem Interesse wurde jedes Mitglied der Gesellschaft einer Kaste zugeordnet: Sie werden grob eingeteilt in vier Kasten und unendlich viele Unterkasten. Die »einfachen« Leute, die der Gesellschaft durch ihre körperliche Arbeit dienen, gehören zur Kaste der Arbeiter (Sudras). Dann gibt es Menschen, die durch Intelligenz und Geschicklichkeit Betriebe leiten können und in Landwirtschaft, Handel, Gewerbe und Geschäftsleben tätig sind. Sie gehören zur Kaste der Bauern und Händler (Vaisyas). Weltliche Führungspersönlichkeiten schützen die Gesellschaft vor Bedrohungen von außen und innen und werden in der Kaste der Krieger und Herrscher (Kshatrias) eingeordnet. Die spirituelle Führung der Gesellschaft übernimmt die Kaste der Priester (Brahmanen).

Aaron, der Ordnungsliebende, bestätigte:

– Eine ähnliche Aufteilung der Gesellschaft gibt es auch bei unserem jüdischen Volk, bei den Römern, ja eigentlich bei allen bekannten Völkern.

Jesus fuhr fort:

– Diese Einteilung ist an sich ja nichts Schlimmes und jeder sollte aufgrund seiner Fähigkeiten und den sich selbst gestellten Lebenszielen glücklich werden und sich so in die Gesellschaft einbringen. Das ganze System wurde ungerecht, als die Kastenzugehörigkeit vererbt wurde. Jetzt wurden die Kasten immer geschlossener und undurchdringlicher. Es wurde postuliert, dass jeder aufgrund seines Karmas aus einem früheren Leben in eine bestimmte Kaste hineingeboren wurde und sie deshalb sein Leben lang nicht verlassen darf. Seinen Beruf und auch seinen Lebenspartner muss er in der gleichen Kaste suchen. Es gibt auch eine Gruppe von Kastenlosen. Man nennt sie Parias, die Unberührbaren. Sie leben am unteren Rand der Gesellschaft, werden von den anderen verachtet und dürfen nur niedrigste Hilfsarbeiten verrichten.

Jesus erinnerte sich:

– Dieses Kastensystem, wie es in der heutigen Zeit praktiziert wird, war auch das, was mich am meisten in Indien störte. Es ist nicht im Sinne Gottes, den Menschen in starre Gesellschaftssysteme zu pressen und die Freiheit für den individuellen Lebensweg zu beschneiden. Aber als Ausländer gehörte ich ja auch nicht dazu. Ich lebte eher außerhalb der Gesellschaft.

Judas, der Letzte in unserer Freundesrunde, hatte bisher schweigsam zugehört. Er stammte aus einer reichen Pharisäerfamilie, die ihn finanziell unterstützte. Sonst hätte er sich die vielen angefangenen und abgebrochenen Studiengänge gar nicht leisten können. Er tat sich schwer damit, sich in die Gesellschaft zu integrieren, noch schwerer, seitdem die Römer die politische Macht übernommen hatten. Sein Hass auf die neuen Machthaber vermehrte sich noch, seitdem Freunde von ihm wegen politischer Umtriebe im Kerker hockten. Er war manchmal cholerisch, hatte aber einen ausgeprägten Gerechtigkeitssinn.

– Lehnte sich denn nie jemand auf gegen ein solches System, aus dem es offenbar kein Entrinnen gab? Genauso wenig wie es offenbar kein Entrinnen gab aus dem ewigen Kreis der Wiedergeburten …

Der Erleuchtete

Jesus korrigierte sanftmütig:
– Es gibt Wege, sich aus dem Kreislauf der Wiedergeburten zu befreien. Seit Jahrtausenden predigen Lehrer die verschiedenen Wege des Yoga, die letztendlich dieses Ziel verfolgen.

Es gab einige Jahrhunderte zuvor einen Mann, der dem Volk einen Weg zeigte, um aus diesem Rad der Wiedergeburten, auch »Samsara« genannt, zu entfliehen. Er hieß **Gautama** und wurde als Prinz in einem luxuriösen Palast geboren …
– Gutes Karma!, warf Jakob lachend ein. Jesus fuhr fort:
– Aber das Leben im Reichtum gab ihm nicht die Antwort auf seine existentiellen Fragen. Als junger Mann verließ er den Palast, lebte viele Jahre als Asket, bis er schließlich unter einem Bodi-Baum die Erleuchtung erlangte. Seitdem wurde er von allen Anhängern nur noch der Erleuchtete »**Buddah**« genannt. Fortan streifte er mit einer Jüngerschar durch die Lande und predigte im ganzen Land seinen »achtfachen Pfad der Erkenntnis«.
– Das würde dir sicher auch gefallen! Mit einer Jüngerschar durch unser Land ziehen und deine Wahrheit predigen …, bemerkte Jakob verschmitzt. Jesus ließ sich nicht provozieren und erklärte:
– Der achtfache Pfad besteht aus acht Regeln oder Geboten. Die acht Regeln sind: Erstens das Bemühen um Weisheit und richtiges Verhalten, zweitens Gelassenheit und Friedfertigkeit, drittens nicht lügen, nicht stehlen und keinem Lebewesen etwas Böses antun, viertens niemandem schaden und nicht die Natur zerstören, fünftens seine Pflichten erfüllen, sechstens Achtsamkeit und Besonnenheit im Denken und Handeln, siebtens das Ausüben von Konzentration und Nachdenken und achtens die Meditation.

– Gar nicht so weit weg von den Zehn Geboten unseres Gottes, die uns Moses vom Berg Sinai holte, bestätigte Deborah. Jesus nickte:

– Wenn der Allmächtige nicht nur der Gott der Juden, sondern der Gott aller Menschen ist, dann wird er seine »Ethik«, die Grundregeln eines friedlichen Zusammenlebens, auch allen anderen Völkern und Kulturen übermitteln. Jedem Volk auf seine spezifische Art und Weise, aber die Grundideen sind überall gleich.

– Die Zehn Gebote sind einfach und überschaubar, fügte Thomas, der Kritische, hinzu.

– Die jüdischen Gelehrten haben im Laufe der Jahrhunderte 613 Gebote daraus gemacht. Jesus fuhr mit seinen Erklärungen fort:

– Buddah gewann unglaublich viele Anhänger. Aber der Prophet im eigenen Land zählt oft nicht. Während sein Heimatland Indien wieder zum traditionellen Hinduismus zurückkehrte, breitete sich seine Lehre, zum Teil vermischt mit den örtlichen Religionen, im ganzen asiatischen Raum aus, bis hin zu den Tibetern, den Chinesen und den Thai-Völkern.

– Aber Gautama Buddah hat dich sicher inspiriert?, fragte Maria Magdalena mit einem angedeuteten Lächeln. Jesus erwiderte das Lächeln, sein Antlitz schien zu leuchten.

– Hat er! Ich wollte auch die »Erleuchtung« erlangen! Ich suchte nach einem abgeschiedenen Kloster und nach einem Lehrer, der mich in der Kunst der Meditation unterweisen würde. Das war ja das eigentliche Ziel meiner Reise. Mittlerweile hatte ich auch Hindi gelernt, die verbreitetste der vielen indischen Sprachen. Ich sprach mit vielen Menschen und suchte nach Empfehlungen. Aber ich hatte nicht vor, für immer dort zu bleiben. Ich wollte nach meiner Ausbildung und Erleuchtung in mein Heimatland zurückkehren und meinen Mitmenschen hier einen Weg zeigen, um Gott zu begegnen.

– Und daraus wurden sieben Jahre …, fiel ich ein.

Im Ashram

– Sieben Jahre sind eine lange Zeit. Aber ich brauchte diese Zeit. Es war eine harte Ausbildung, die viel Willen und Disziplin abverlangte. Aufgrund verschiedener Empfehlungen kam ich zu einem kleinen Ashram am Fuße des Himalayas, dem höchsten Gebirge der bekannten Welt, mit schneebedeckten Gipfeln. Der Abt fragte mich, was ich denn zum Klosterleben beitragen könne. Mein Geld war ja inzwischen schon fast aufgebraucht. Ich bot meine Künste als Schreiner an und über viele Jahre baute ich Tische, Regale, Altäre, Dachgebälk, ja manchmal sogar Götterfiguren.

– Da war die Ausbildung bei deinem Vater ja doch nicht umsonst, bemerkte ich.

– Ich musste oft an ihn denken und dankte ihm häufig dafür, was er mir alles beigebracht hatte. Nichts im Leben ist umsonst …

– Wie war das Leben im Ashram?, wollte Maria Magdalena wissen.

– Das Klosterleben war sehr einfach, erwiderte Jesus.

– Jeder Luxus war verpönt. Wir schliefen auf dem Holzboden und benutzten dünne Stoffdecken. Zu essen gab es Reis mit Gemüse und Gewürzen, zum Teil höllisch scharf. Am Anfang sehr gewöhnungsbedürftig! Dazu frisches Quellwasser oder Kräutertee.

– Kein Fleisch, kein Fisch?, fragte Jakob, der Feinschmecker. Nichts für mich!

Mittlerweile hatten Sarah und meine Töchter die Vorspeise serviert. Falafel – die frittierten Bratlinge hatten sie heute Nachmittag aus Bohnen und Kichererbsenmehl zu platten Kugeln geformt, fein gewürzt mit Petersilie, Koriander, Knoblauch und Zwiebeln. Die Gäste tunkten sie in Tahina, unsere fein gewürzte Sesampaste, oder Humus, das eher milde Kichererbsenmus. Dazu ein etwas herber, weißer Wein aus den Weinbergen bei Bethlehem. Die Gäste griffen zu, während Jesus fortfuhr:

– Das Essen im Ashram war rein vegetarisch. Ab und zu etwas Ghee-Butter. Diese Art der Ernährung erhöht die Sensibilität und erleichtert die **Meditation**.

Spirituelle Übungen

– Was ist Meditation? Wie macht man das? Wozu ist das gut?, fragte Deborah.

Jesus blickte auf die Kerze in der Mitte des Tisches.

– Es gibt viele Arten von Meditation. Es geht darum, den Geist zur Ruhe zu bringen, indem man die Konzentration auf ein bestimmtes Objekt oder eine Tätigkeit bündelt. Am Anfang konzentriert man sich auf den Atem, später auf andere Objekte, einen Gegenstand, eine Kerze, eine Blume, den Mond, einen Klang, ein Mantra, ein Gebet, ein Bild, eine Götterdarstellung …

– Und das stundenlang? Wie langweilig! Bist du nicht dabei eingeschlafen?, fiel Jakob ein.

– Auch das ist mir am Anfang manchmal passiert. Aber letztlich ist alles Übungssache! Deshalb soll man auch nicht im Liegen meditieren, sondern besser im Sitzen. Mit geradem Rücken und im **Lotussitz** mit verschränkten Beinen.

– Wie die Schneider? Wie unbequem, kann man nicht einen Stuhl benutzen? Jakob verzog das Gesicht.

– Kann man auch, aber in Indien sind Stühle nicht gebräuchlich und ich habe auch keinen gebaut. Man sitzt auf dem Boden. Manche Meditationen gehen auch in Bewegung, verbunden mit bestimmten körperlichen Übungen oder beim Gehen.

– Was war für dich denn das Schwierigste?, interessierte ich mich. Jesus starrte auf die Kerze und fuhr fort, ohne aufzublicken:

– Die schwierigste Meditation ist es, an nichts zu denken.

– An nichts? Das geht doch gar nicht. Man hat doch immer irgendetwas im Kopf, widersprach Thomas. Ich kann meine Gedanken doch nicht anhalten. Die kommen doch von alleine!

– Es ist wirklich schwierig und am Anfang frustrierend. Aber mein Meister machte mir immer wieder Mut. Immer wieder kommen Gedanken aus dem Innersten deiner Seele hoch und wollen dein Bewusstsein in Besitz nehmen. Sobald du dir dessen bewusst wirst, tritt innerlich einen Schritt zurück, werde zum Beobachter deiner Gedanken und schicke sie dann wieder weg. Konzentriere dich wieder auf deine Atmung und versuche erneut, an nichts zu denken. Wiederhole diese Übung immer wieder, hundertmal, tausendmal, über Stunden, jeden Tag, für Wochen, Monate, Jahre. Du wirst immer besser!

– Jahrelang sitzt du da rum und versuchst an nichts zu denken? Toll! Und das willst du hier unseren jüdischen Landsleuten beibringen? Viel Spaß dabei …, machte sich Jakob lustig.

– Will er doch gar nicht!, unterbrach Maria Magdalena ihn. Aber lass ihn doch erst mal weitererzählen.

Jesus setzte sich kerzengerade auf seinen Stuhl.

– Man kann sich auch auf bestimmte Körperteile konzentrieren oder dabei auch bestimmte Positionen einnehmen. Das Ziel ist, die Gedanken zu zähmen, den Geist und auch den Körper völlig unter Kontrolle zu bekommen. Nach längerem Üben soll das »Ich« mit dem Objekt der Meditation verschmelzen. Wenn ich beispielsweise über eine Kerze meditiere: Nach Stunden der Meditation verschmilzt der Geist mit der Kerze. Es gibt keinen Unterschied mehr zwischen der Kerze und meinem Geist, die Kerze ist mein Geist, mein Geist ist die Kerze. Alle Subjektivität wird aufgelöst. Mein Ego tritt zurück, die Grenzen zwischen Subjekt und Objekt lösen sich auf. In den nächsten Schritten der Meditation gibt der Yogi mehr und mehr seine Individualität auf. Es gibt kein Individuum mehr. Er spürt, dass er ein Teil des großen Ganzen ist, ein Teil des Universums. Der letzte Schritt ist eine Art Ekstase. Das ist Erleuchtung! In diesem Moment ist der Yogi mit Gott vereinigt. Gott ist ein Teil von uns, wir sind ein Teil von Gott! Gott ist in mir und ich bin göttlich!

Yoga und Meditation

Für einen Moment schien Jesus wie weggetreten. Es war nicht er, der sprach. Es sprach aus ihm, als wenn eine innere Stimme ihn leiten würde. Dann hielt er inne und blickte um sich. Wir alle waren still und hatten ihn wie gebannt angeschaut. Es sprach weiter aus seinem Mund.

– Die Technik der verschiedenen Meditationen und Übungen werden in Indien immer von einem Meister zu einem Schüler weitergegeben. Der Weg wird auch »Yoga« genannt. Zuerst lernte ich bei meinem ersten Meister das **Hatha-Yoga**. Es sind körperliche Übungen und Stellungen, die auch **Asanas** genannt werden. Sie sind immer verbunden mit Atemübungen. Atemübungen sind ein guter Einstieg, um die fast unkontrollierbaren Gedanken zu zähmen und den Geist zu fokussieren. Langsames und tiefes Ein- und Ausatmen. Nach der Vorstellung der Inder nehmen wir mit jedem Atemzug kosmische Energie in uns auf, sie nennen es **Prana**. Die Atmung ist eine der wenigen Körperfunktionen, die zum einen unbewusst, ja automatisch abläuft, zum anderen aber auch von uns bewusst kontrolliert und gesteuert werden kann. Die Kontrolle der Atmung ist der Schlüssel zu vielen Arten von Meditation und begleitet auch alle körperlichen Yoga-Übungen.

– Das habe ich schon mal gesehen, warf Deborah ein. Die Yogis stehen auf dem Kopf oder verrenken sich die Glieder.

Jesus fuhr fort:

– Beim Hatha-Yoga geht es um körperliche Disziplin, durch häufiges Üben wird der Körper immer gelenkiger. Es geht auch darum, den Körper gesund und fit zu halten und altersbedingten Krankheiten vorzubeugen. Sie ist wohl die Art von Yoga, die bei uns im Westen am ehesten Anhänger finden würde …

Eine andere Art der Meditation habe ich von meinem zweiten Meister gelernt: die **Vipassana-Meditation**. Sie soll von Gautama Buddah persönlich an seine Anhänger weitergegeben worden sein. Sie wird im Sitzen bei ruhiger normaler Atmung durchgeführt. Das Wichtigste ist die Konzentration. In Gedanken wird der ganze Körper, alle Körperteile, nach und nach »durchgescannt«. Entdeckt man an irgendeiner Körperstelle angenehme oder unangenehme Sensationen, verweilt man einen Augenblick an dieser Stelle und wechselt in den Beobachtermodus: nur beobachten, ohne zu bewerten, und danach wechselt man und fokussiert die Gedanken auf einen anderen Ort.

Mein dritter Meister brachte mir die »Meditation der Inneren Hitze« (tibet. »Tummo«) bei. Hier spielt die tiefe, ruhige Atmung eine entscheidende Rolle. Die forcierte Aufnahme von Prana und Lebensenergie führt nicht nur zu einer Erhöhung der Körpertemperatur, sondern auch zu anderen unglaublichen Fähigkeiten. Diese Atemübungen zusammen mit der Gewöhnung an Kälte führt zu einem verminderten Schmerzempfinden, zu einer verbesserten Toleranz gegenüber Umwelteinflüssen wie Kälte, Hitze und Wind und einer Resistenz gegenüber Krankheiten.

– Dann haben dir ja Schnee und Eis im Winter in den Bergen nichts ausgemacht?, fragte Thomas, während ihm ein kalter Schauer über den Rücken lief.

Jesus lächelte:

– Tatsächlich habe ich es nach jahrelangem Üben geschafft, bei extremer Kälte im Schnee draußen zu übernachten, ohne zu erfrieren!

Der vierte und letzte Meister weihte mich in das **Kriya-Yoga** ein. Hierbei spielen die Atmung und die Konzentration auf unsere körperlichen und ätherischen Energiezentren, die sogenannten »Chakren«, eine große Rolle.

Alle Arten von Yoga und Meditation sind jedoch nur dann

auf Dauer hilfreich, wenn sie mit großer Disziplin und Ausdauer tagtäglich durchgeführt werden.

Allgemeines erstauntes Schweigen!

Unglaubliche Fähigkeiten

Ich unterbrach diesen nachdenklichen Schweigemoment:
– Diese absolute Kontrolle über Körper und Geist soll bei einigen Yogis ja zu unglaublichen Fähigkeiten führen, hatte ich gehört. Sie sollen ihre Schmerzen kontrollieren und sich Messer und Dolche durch den Körper stecken können, ohne einen Tropfen Blut zu verlieren.

Jesus verzog das Gesicht.
– Ich habe solche Menschen gesehen. Sie nennen sich Fakire, sitzen auf Nagelbrettern oder durchbohren sich mit Nägeln und Messern, ohne sich ernsthaft zu verletzen. Die wahren Meister mögen solche Demonstrationen nicht. Aber es ist immerhin ein Beweis, wie stark der Geist den Körper beeinflussen und kontrollieren kann. Und für Außenstehende wirkt das wie ein Wunder oder Magie.

Jesus lächelte in die rundherum erstaunten Gesichter.
– Ich habe sogar Menschen kennengelernt, die ihre Atmung und ihren Herzschlag bewusst so weit verlangsamen konnten, dass andere sie für tot hielten. Sie ließen sich sogar begraben. Sie brauchten tagelang kein Essen und kein Wasser und praktisch keine Luft zum Atmen.

Thomas, der Skeptiker, lachte:
– Dann wurde er wieder ausgegraben, seine Körperfunktionen kamen allmählich wieder zurück und alle dachten, er wäre von den Toten auferstanden …

Jakob fügte hinzu:
– Manchmal treten solche indischen Fakire auch bei unseren Volksfesten auf. Am besten fand ich den Trick, wo Wasser oder Wein schier unerschöpflich aus einem Krug floss oder Körbe scheinbar unendlich viele Brote hervorbrachten.

Auf einmal redeten alle durcheinander und fast gab es einen

kleinen Tumult. Jesus saß einen Moment stumm da, und nachdem ihm alle wieder zuhörten, fuhr er fort:

– Es gibt Meister, denen sogar die Naturgesetze zu gehorchen scheinen. Sie scheinen selbst das Wetter beeinflussen zu können. Einige beteten um Regen und es regnete, andere konnten sogar einen Sturm entfachen!

– Oder einen besänftigen?, schlug Deborah vor. Wäre doch mal eine positive Maßnahme, vor allem für Seefahrer und Fischer.

Jesus schien sich über die erstaunten Gesichter zu amüsieren und gab noch eine Zugabe.

– Ich habe von Menschen gehört, die in tiefer Meditation zu schweben schienen. Sie nannten es Levitation. Andere schienen zu fliegen oder über Wasser laufen zu können.

Hast du das auch gelernt?, fragte Jakob, ohne sich selbst wirklich ernst zu nehmen.

Sarah, die Gastgeberin, ergänzte:

– Ich bin überzeugt, dass es Menschen mit Fähigkeiten gibt, die wir mit unserem kleinen Verstand nicht erklären können. Das ist »weiße Magie«! Es gibt mehr Dinge im Himmel und auf Erden, als eure Schulweisheit sich hätte träumen lassen (wurde später von Shakespeare in »Hamlet« aufgegriffen, Anmerkung des Verfassers).

Thomas, der Wissenschaftler, widersprach:

– Ich bin überzeugt, dass das alles nur Illusionen und Taschenspielertricks sind. Zugegebenermaßen sehr gut gemachte. Es gibt sicher eine wissenschaftliche Erklärung für diese Phänomene.

Jesus nahm das leckere Fladenbrot, brach es in gleiche Teile und verteilte es unter den Gästen. Ich schenkte allen, die bereits ausgetrunken hatten, noch einen Becher Wein ein.

Jakob, der Träumer, hatte eine Idee, während er sich einen weiteren Falafel zwischen die Zähne schob.

– Kannst du nicht einige dieser Zaubertricks demnächst auch

bei deinen Predigten machen? Ich bin überzeugt, du beeindruckst viele Menschen damit und dann glauben sie dir umso mehr!

Jesus antwortete nicht und seine Gedanken gingen für einen Augenblick zurück an jenen schicksalsentscheidenden Abend in der Wüste.

79 Tage vorher – Mondlicht

Die Wüste leuchtete, die Felsen tauchten in ein unwirkliches Licht. Die Sonne war hinter dem Horizont verschwunden und in der gegenüberliegenden Himmelsrichtung tauchte der Vollmond im Dämmerlicht zwischen zwei Felskuppen auf. Jesus stand noch auf dem Felsen, seine Blicke wechselten zwischen der verschwimmenden Ferne und der dunkler werdenden Tiefe vor ihm.

Er dachte über die Siddhis nach, die er unter Anleitung seiner Meister über so viele Jahre erlernt hatte. Siddhis sind außergewöhnliche Fähigkeiten, Techniken, welche viele Yogis auf ihrem spirituellen Weg mitbekamen. Siddhis sind nicht das Ziel der Meditation, sondern sind eher eine Begleiterscheinung auf dem Weg zur Erleuchtung, dem »Endziel« vieler Yogis. Deshalb werden die Fakire, die manche Siddhis auf Jahrmärkten zur Schau stellen, von den »echten Suchenden« mit Argwohn betrachtet. Die Siddhis sind ein Teil der »Yogasutras«, der Yoga-Lehre Patanjalis, die vor mehreren hundert Jahren gelehrt wurde. Patanjali war ein indischer Lehrer und Meister und wird vielfach ehrfurchtsvoll als »Vater des Yoga« bezeichnet. Der Text wurde zunächst mündlich weitergegeben und später in Sanskrit, der heiligen Sprache der alten Inder, aufgeschrieben.

Jesus hatte in den sieben Jahren im Himalaya Sanskrit gelernt. Er wollte die alten indischen Schriften im Original lesen und studieren und sich nicht auf die mehr oder weniger korrekten Übersetzungen in andere Sprachen verlassen. Wie schnell wird der Sinn eines Textes verdreht, wenn der Übersetzer auch nur ein einziges falsches Wort verwendet. So hat Jesus auch die Originaltexte der Ausführungen über das Yoga von Patanjali studiert. Besonders fasziniert haben ihn die Siddhis, die außergewöhnlichen Fähigkeiten der Yogis. Patanjali erwähnt, dass diese Siddhis nicht nur über tiefe Meditation erreicht werden können, sondern in Einzelfällen auch auf anderen Wegen mehr oder weniger spontan auftreten können.

So gibt es gelegentlich Menschen, bei denen solche Fähigkeiten und Begabungen schon in die Wiege gelegt wurden. Bei ihnen treten diese Fähigkeiten oft spontan und manchmal unkontrolliert auf. Andere können sie bewusst hervorrufen und bei Bedarf einsetzen. Patanjali glaubt, dass es sich hier um besondere Inkarnationen mit früherem guten Karma handeln müsse. Auch Jesus kannte einige Menschen mit solchen »angeborenen« Begabungen. Einige von ihnen haben Angst vor den eigenen Fähigkeiten, die sie zum Außenseiter machen, und versuchen, alle Trigger-Situationen zu vermeiden.

Einige Schamanen in fremden Ländern können die Fähigkeit zur Ausführung von Siddhis auch unter Einfluss von psychotropen Drogen, verbunden mit spezifischen Ritualen, erreichen.

Die außergewöhnlichen Fähigkeiten der Siddhis sind für »normale« Menschen unverständlich, da sie den alltäglichen Erfahrungen widersprechen und die Naturgesetze zu überwinden scheinen. Deswegen werden sie oft bezweifelt und für Lügen oder Zaubertricks gehalten.

Welche Fähigkeiten beschreibt nun Patanjali, die ein Yogi auf seinem Weg »beiläufig« entwickeln kann?

Jesus hatte gelesen, dass durch intuitive Wahrnehmung frühere Leben ins Bewusstsein gelangen können, wobei konkrete Szenen wie in einem präzisen Wach-Traum erscheinen. Der Yogi kann dann auch die Gedanken anderer Menschen oder sogar Tiere wahrnehmen und diese möglicherweise sogar beeinflussen.

Er kann in die Zukunft blicken und seinen eigenen Tod voraussehen. Daher wusste Jesus, dass er nicht viel älter werden würde und dass ihm nicht allzu viel Zeit zur Verwirklichung seiner ureigenen Lebensaufgabe für dieses Leben blieb.

Durch intensive Fokussierung auf Gegenstände, Sonne, Mond und einige Sterne kann der Yogi nicht nur die subtile Mikrostruktur dieser Gegenstände, sondern auch die Struktur des Makrokosmos und den Verlauf der Himmelskörper vor dem inneren Auge wahrnehmen.

Durch Fokussierung auf die Nabel-Region blickt der Yogi in den eigenen Körper oder in den Körper eines Mitmenschen und »sieht« die Struktur von Organen und Geweben. Er kann dann Heilenergie an die »dunklen« Stellen schicken, was wiederum eine hervorragende Ergänzung zur konventionellen Medizin sein kann.

Der Yogi kann körperlose »höhere Wesen« wie Meister, Engel und Devas wahrnehmen und mit ihnen kommunizieren.

Zu den Siddhis gehört auch die bewusste Beeinflussung von Wettererscheinungen.

Durch Meistern des »aufsteigenden Lebensstroms« soll er auch über Wasser, Sümpfe und Dorngestrüpp laufen können. Die Beherrschung dieser Fähigkeiten führt dann zur höchsten und schwierigsten Übung, die nur wenige Meister beherrschen: das yogische Fliegen, die absolute Kontrolle des Geistes über die Naturgesetze.

War Jesus schon so weit?

»Spring!«, wiederholte die aufdringliche Stimme.

Heilung

Jesus rutschte auf seinem Stuhl ein Stück nach hinten, sein Blick schien abwesend.

Ich versuchte ihn wieder zurück an unseren Tisch zu holen und stellte weiter die mich sehr interessierenden medizinischen Fragen:

– Wart ihr immer gesund? Gab es Krankheiten? Wie gingt ihr damit um? Konntet ihr Menschen heilen?

Jesu Augen wurden jetzt wieder klarer, sein Blick fokussierte sich wieder auf uns und er fuhr fort:

– Die täglichen körperlichen und geistigen Übungen zusammen mit der gesunden, überwiegend vegetarischen Ernährung hielten viele Krankheiten aus dem Kloster fern. Es schien die Abwehrkräfte der Mönche zu steigern. Selten musste sich jemand von uns wegen einer Krankheit in seine Zelle zurückziehen, wo er ruhen und meditieren konnte und von den anderen versorgt wurde. In der Klosterapotheke gab es viele Heilmittel, vor allem Kräuterpräparate aus der ayurvedischen Medizin, und der Abt vereinigte ein unglaubliches Wissen, was er mit uns teilte. Oft schaute er in die alten Schriften, die als »Lehre des Lebens« (Sanskrit: Ayurveda) uraltes Wissen über die Heilkunst zusammentrugen.

– Werden in vielen asiatischen Ländern nicht Drogen aus der Hanfpflanze, aus dem Schlafmohn oder aus »magischen« Pilzen verwendet?, fragte ich.

Jesus erklärte:

– Einige dieser Drogen wurden zu medizinischen Zwecken in der Hausapotheke in unserem Ashram hergestellt. Sie kamen oft als Schmerz- oder Beruhigungsmittel zur Anwendung. Bei längerem Gebrauch wurden manche Patienten davon jedoch körperlich oder seelisch abhängig. Beim Absetzen traten oft schlimme Entzugserscheinungen ein. Die halluzinogene Wirkung dieser Drogen wird gelegentlich von Priestern benutzt, um das Bewusstsein zu erweitern und damit Gott näher zu kommen. Aber nur unter strenger spiritueller Kontrolle …

Aber es kamen auch Menschen aus dem Dorf zu uns und baten um medizinische Hilfe, vor allem, wenn die Ärzte vor Ort nicht mehr weiterkamen. Viele körperlichen Erkrankungen konnten wir mit Kräutern, Massagen und Ernährungsumstellung, unterstützt durch Meditation, Gebete und Rituale, heilen.

– Gab es Medizin für alles? Konntet ihr jeden Kranken heilen?, wollte ich wissen. Ich hatte an einem der modernen, naturwissenschaftlich orientierten, griechischen Lehrinstitute gelernt, die nach Vorbild des Asklepios-Tempels auf Kos im gesamten mediterranen Raum aus dem Boden geschossen waren. Wenn das medizinische Wissen nicht reichte, wurde in dem angegliederten Tempel einer der Heilgötter angerufen. Durch das Vertrauen der Bevölkerung und unserer weißen Gewänder nannten uns viele »Halbgötter in Weiß«. Manchem Arzt gefiel diese Rolle und gab seinem Ego eine besondere Macht. Aber es gab keine hundertprozentigen Heilerfolge und deshalb interessierten mich immer schon fremde und exotische Medikamente und Heilverfahren, wie sie in anderen Ländern praktiziert wurden.

Jesus bestätigte:
– Auch wir konnten nicht jeden heilen! Ärzte und Therapeuten sind nur Handlanger. Der Mensch muss bereit für die Heilung sein. Aber die letzte Entscheidung, ob jemand gesund wird, steht nicht in unserer Macht. Gott heilt!

Viele körperlichen Beschwerden haben ihre Ursache auch in seelischen Problemen. Hier macht die Seele (griechisch »Psyche«) den Körper (griechisch »Soma«) krank. Die griechischen Ärzte würden sagen, es handelt sich um »psychosomatische«

Krankheiten. Dauerstress mit dem Partner, mit Kindern, Eltern, Freunden und Feinden, Nachbarn, Arbeitskollegen. Lang dauernde psychische Überforderung macht krank, chronischer Stress macht krank! Dazu gehören alte, ungelöste Konflikte, vielleicht aus der Kindheit und Traumatisierungen aller Art. Alle diese Probleme, die nicht gelöst werden konnten, suchen sich einen Ausweg im Inneren des Körpers. Sie können zu Kopf- und Rückenschmerzen, Problemen mit Kreislauf oder Atmung, Bauchbeschwerden und vielen anderen Symptomen führen. Seelische Schmerzen führen zu körperlichen Schmerzen.

– Und was macht ihr dann?, fragte ich weiter. Jesus war in seinem Element:

– Nicht immer findet sich hierfür ein Kraut. Ein tiefes und verständnisvolles Gespräch kann Wunder vollbringen, manchmal auch eine Berührung oder Umarmung. Wir lernten, wie wir durch bestimmte Formen der Meditation kosmische Energie durch unsere Hände auf kranke Körperteile des Patienten strömen lassen konnten. Man spürt dabei förmlich, wie sich energetische Knoten lösen und krankmachende, negative Energien den Körper verlassen.

– Geisteraustreibung? Dämonenbeschwörung?, fragte Aaron erschrocken.

Manche Patienten nannten es so. Sie können sich abstrakte Energien nicht vorstellen, sie personifizieren gerne diese Mächte. Manche spüren, wie ein unsichtbarer Panzer von ihnen abfällt, als wenn ein Geistwesen den Körper verlässt.

– Verlierst du nicht deine eigene Energie dabei? Übernimmst du nicht Krankheiten von deinen Patienten?, fragte ich.

– Das ist in der Tat eine Gefahr. Ungeübte und unvorsichtige Therapeuten werden oft selber krank, vor allem, wenn die Beschäftigung mit der Krankheit eigene unverarbeitete Themen aufgreift. Wichtig ist, dass man lernt, dem Patienten nicht seine eigene Energie zu geben. Die Energie, mit der wir hier arbeiten, ist kosmische, göttliche Energie. Wir müssen sie nur durch entsprechende Gebete und Rituale »anzapfen«, durch uns hindurchlassen und sie auf den Patienten fokussieren. Unser Bewusstsein lenkt diese Energie wie Wellen, die unsichtbar durch die Luft treiben. Diese kosmische Heilenergie ist gratis und unerschöpflich. Der Körper und der Geist des Therapeuten dienen hier nur als Instrument, über das diese Energie verteilt wird.

– Und wie waren die Erfolge?, fragte ich neugierig.

– Ganz erstaunlich! Alte Wunden heilten zu, Krampfanfälle wurden unterbrochen, Lahme konnten wieder laufen, Blinde konnten wieder sehen, Taube konnten wieder hören, die Menschen hielten es für Wunder.

– Was dachten denn die Geheilten?, fragte ich weiter.

– Ich gehe davon aus, dass der Glaube an die Heilung eine mindestens genauso große Rolle spielt wie die Kräuter, das Ritual oder das Gespräch. Der tiefe, zweifelsfreie Glaube ohne den geringsten Zweifel am Misserfolg setzt enorme Heilenergien frei. Jakob, der Alleswisser, lachte:

– Die Römer würden ein solches Medikament wahrscheinlich »Ich gefalle« (lateinisch »Placebo«) nennen.

– »Dein Glaube hat dir geholfen«, sagte ich nicht selten zu den dankbaren Patienten, bestätigte Jesus.

– Der Glaube versetzt Berge, bemerkte Deborah, die Kreative, spontan.

– Schönes Bild, werde ich mir merken, sinnierte Jesus nachdenklich.

Kraft der Gedanken

– Neben dem tiefen Glauben des Kranken auf Heilung haben aber neben Kräutern auch Rituale und Gebete eine wichtige Bedeutung, ergänzte ich.

Auch Sarah, meine schöne Praxis-Assistentin, sprach aus ihrer Erfahrung:

– In jedem Dorf gibt es weise Frauen, die besondere Fähigkeiten haben und Heilgebete und Rituale kennen. Manche können Warzen »besprechen«, die danach verschwinden. Andere können Verbrennungen behandeln, die dann heilen, ohne Narben zu hinterlassen. Diese Fähigkeiten und Heilgebete werden meist von Mutter zu Tochter weitergegeben. Sie sind geheim und dürfen nicht in falsche Hände gelangen. Sie dürfen auch kein Geld für diese »göttliche Gabe« verlangen.

– »Nichts für Ärzte«, dachte ich bei mir, wir leben ja von der Behandlung der Kranken. Und außerdem: Was nichts kostet, ist nichts wert. Es ist in meinen Augen nicht schändlich für unsere Leistung einen Obolus zu verlangen, einen kleinen von den Armen, einen großen von den Reichen. Das ist das »Solidaritätsprinzip«!

– Und du, Jesus, welches Gebet sprichst du, wenn du jemanden heilen willst?, wollte ich wissen.

– Beten kann man mit Worten, mit Klängen, aber auch mit Vorstellungen und Visualisationen. Je intensiver und fantasievoller, verbunden mit Emotionen, die Vorstellung oder Intention ist, je kräftiger sind die freigesetzten Energien und je höher ist die Wahrscheinlichkeit, dass das gewünschte Ereignis tatsächlich auch eintritt. Die Schwingungen unseres Bewusstseins sind der Materie übergeordnet!

– Ist aber bestimmt anstrengend!, jammerte Jakob, der Bequeme. Jesus konterte:

– Wenn du es mit Nächstenliebe und Mitgefühl tust, ist es

überhaupt nicht anstrengend. Es fließt wie von alleine. Hinterher bist du nicht ausgelaugt! Im Gegenteil, du fühlst dich entspannt und energetisch und nicht selten verschwinden sogar deine eigenen Beschwerden.

Sprachlos starrten alle Jesus an.

– Noch intensiver ist das Gebet, wenn du es gemeinsam mit Gleichgesinnten ausführst, ergänzte er. Das Gebet in der Gruppe ist noch mal wesentlich machtvoller. Die Wahrscheinlichkeit, dass das gewünschte Ziel eintritt, wird deutlich erhöht. Ideal ist eine kleine Gruppe von ungefähr acht Menschen. Die hier entwickelten Energien können kaum gesteigert werden, selbst nicht mit großen Gruppen von hundert oder mehr Personen.

Rückzug oder Lebenserfahrung

– Wenn das alles so toll und interessant war, warum bist du dann zurückgekehrt?, wollte Judas wissen.

– Am Anfang hatte ich mir tatsächlich überlegt, ob ich nicht mein restliches Leben im Kloster mit Beten und Arbeiten (lateinisch: Ora et Labora) verbringen sollte. Welches höhere Ziel könnte es geben, als hier die »Erleuchtung« zu erlangen, mit dem Geist Gottes zu verschmelzen?

Mit den Jahren kamen aber Zweifel an diesem Ziel. Im Kloster übten wir uns darin, Gedanken und Emotionen zu kontrollieren und zu unterdrücken und dem Nicht-Denken und dem Nicht-Fühlen näher zu kommen. Aber war dieses Leben nicht eigentlich ein Nicht-Leben? Ist es nicht gerade das Interessante und Spannende an dem Leben, das Gott uns schenkte, genau das zu erfahren? Gedanken und Kreativität, glücklich sein und lachen, Freude und Liebe. Aber ist es nicht auch interessant, die anderen Gefühle zu erleben: Traurigkeit und Weinen, Angst und Wut. Provozieren wir nicht manchmal solche Gefühle, um sie zu erleben? Wie viele Menschen gehen in ein römisches Amphitheater, ein griechisches Theater oder in einen Zirkus, gerade um solche Emotionen zu erleben. Vielleicht denken sie, dass unser Alltagsleben uns nicht ausreichend mit emotionalen Momenten versorgt. In unserer Inkarnation als Mensch auf dieser Erde gibt uns Gott die Möglichkeit, all diese Facetten des Lebens zu erfahren. Das Leben ist ein Abenteuer. Warum soll ich es auf Klostermauern beschränken?

Jakob lachte provokativ und fuhr fort mit einem Augenzwinkern:

– Dir fehlten wohl die körperlichen Genüsse, Wein, Weib und Gesang …

– Auch das gehört zum Leben. Alles gehört zum Leben, solange man es in Maßen tut. Übertreibung und Gier bewirken eher das Gegenteil.

Körperliches

–Unser physischer, materieller Körper, fuhr Jesus fort, ist das Haus unserer Seele und ein Geschenk Gottes. Er gibt uns die Möglichkeit, in der physischen Welt zu leben und Erfahrungen zu sammeln. Auch dann, wenn wir ihn als unvollkommen empfinden, auch wenn er nicht dem klassischen, griechischen Schönheitsideal entspricht – nicht jeder muss Adonis und Aphrodite gleichen, auch wenn er nicht dem derzeitigen Schönheitsideal unserer Zeit und unserer Kultur entspricht. Unser Körper ist eine Schöpfung Gottes mit unendlich vielen Möglichkeiten und Potentialen. Auch unser eigener Körper verlangt nach unserer Liebe, Gott liebt sein Werk. Es ist deshalb unsere Pflicht, ihn mit Respekt zu behandeln und für sein Wohlergehen und seine Gesundheit zu sorgen. Jedes Körperteil hat seine Aufgabe und darf nicht unüberlegt verschandelt werden – Auch nicht unsere männliche Vorhaut?, lachte Jakob, der Beschnittene.

Aaron, der ebenfalls Beschnittene, fuhr hoch:
– Ist die Beschneidung für dich wirklich »Verschandelung«? Körperverletzung? Ist der Ritus der Beschneidung nicht die Erneuerung und Bestätigung von Gottes Bund mit unserem Volk?

Jesus fuhr dazwischen:
– Es ist eine uralte Tradition und nichts ist schwieriger zu verändern als Traditionen, auch dann, wenn ihr ursprünglicher Sinn lange nicht mehr aktuell ist. Der alleinige Gott ist nicht mehr allein der Gott Israels. Er ist der Gott für die gesamte Menschheit geworden. Er hält sich nicht an unserer Vorhaut auf. Er ist der Gott für Menschen in vielen Ländern mit den unterschiedlichsten Kulturen und Traditionen. Ich hatte die Gelegenheit, viele Riten und Traditionen kennenzulernen und andere kenne ich von Erzählungen anderer Reisender. Es sind

bei einigen Völkern Traditionen dabei, die Gott mit Sicherheit nicht gutheißt und die verändert oder abgeschafft gehören!

Jesu Miene wurde jetzt ernst:

– Der Verlust der Vorhaut ist eher eine harmlose Variante, sie beeinträchtigt weder unser tägliches Leben noch unsere männlichen Fähigkeiten. Aber beispielsweise die Verstümmelung weiblicher Genitalien, wie sie von einigen Völkern auf dem afrikanischen Kontinent durchgeführt wird, ist eine schwere Sünde gegenüber Gott und den Menschen. Viele junge Mädchen verbluten und sterben dabei. Diejenigen, die überleben, müssen lebenslang darunter leiden. Es lässt sich nicht alles mit Tradition und fragwürdigen Pseudo-Argumenten entschuldigen. Gott will, dass die Menschen glücklich in ihrem Körper sind …

Ich sah, wie Maria Magdalena angeekelt das Gesicht verzog und zur Seite schaute, als würde sie die Qual dieser jungen Frauen direkt spüren können.

– Oft handelt es sich um traditionelle Initiations-Riten, wusste Aaron.

– Ein Kind wird erst danach als vollwertiges Mitglied der Gemeinschaft anerkannt. Der Druck der Gesellschaft ist so groß, dass sich kaum ein Kind oder ein Elternteil dagegen auflehnen würde. Da man befürchtet aus der Gesellschaft ausgestoßen zu werden, macht man mit. Leider auch dann, wenn die innere Stimme Zweifel aufkommen lässt.

Jesus stimmte zu:

– Gott lädt uns ein, auf unsere innere Stimme zu hören, Mut aufzubringen und für uns und unseren Körper zu kämpfen!

Nathan bestätigte:

– Im fernen China sollen Mädchen die Füße verkrüppelt werden, bei anderen Völkern werden Finger und Zehen amputiert, Ohren, Lippen und Zungen durchstoßen, Verbrennungen zu-

geführt oder der Hals durch Ringe künstlich verlängert ...
Die Fantasie der Menschen hat diesbezüglich keine Grenzen.

Jesus ergriff wieder das Wort:

– Viele kennen gar nicht mehr den Ursprung dieser Riten. Aber es muss in fernen Zeiten doch mal irgendjemanden gegeben haben, einen Herrscher oder einen Priester, der diese Rituale erfunden hat und das Volk überzeugt hat, dass es der Wille der Götter sei, diese durchzuführen. Ich aber sage euch, der einzige wahre Gott verlangt nichts von alledem ...«

– Auch nicht die Beschneidung?, fragte Aaron, der Traditionshüter, provokativ.

– Unser Gott ist der Gott aller Völker und er liebt die Unbeschnittenen genauso wie die Beschnittenen!

Sinnlichkeit

Maria Magdalena, die Sinnliche, meldete sich wieder zu Wort:
– Warum redet ihr nur über die negativen Erfahrungen, die unser Körper erdulden oder erleiden kann. Viel wertvoller sind doch die vielen positiven Eindrücke, die wir über unsere fünf Sinne erfahren dürfen.

Jesus schien sich über die Wende des Gesprächs zu freuen und bestätigte mit einem Lächeln:
– Sei dankbar über die Fähigkeiten deiner Sinnesorgane, mit denen du die Schönheiten dieser Welt wahrnehmen kannst. Sei dankbar über das Augenlicht, das dir eine unendliche Fülle von Formen und Farben darbietet, die Natur mit ihren Blumen, Tieren, Wasser und Sand, Sonnenuntergängen, Mondphasen und dem fantastischen Sternenhimmel. Aber auch über von Menschen geschaffene Werke wie Kleidung, Schmuck und die Harmonie der Tempelbauten.

Sei dankbar für deine Ohren mit der Vielfalt an Tönen. In der Natur das Säuseln des Windes, das Plätschern des Bachs, Meeresrauschen, der Gesang der Vögel. Aber auch die von Menschen hervorgerufene Musik, Gesang, die Tonleitern und der Rhythmus des Spiels der Musikinstrumente. Hierdurch werden unsere Stimmung und unsere Emotionen ganz besonders beeinflusst.

Sei dankbar für deine Nase, welche dir die unterschiedlichsten Gerüche anbietet: den Geruch von gutem Essen, von Blumen, Parfüm, ätherischen Ölen, Räucherwerk und von geliebten Menschen.

Und mit einem freudigen Blick auf den reich gedeckten Tisch fuhr er fort:
– Sei dankbar für deine Zunge, die dir tausenderlei Ge-

schmacksnuancen in köstlichen Gerichten und Gewürzen anbietet.

So kannte ich unseren Jesus ja bisher gar nicht. Richtig romantisch! Maria Magdalena nickte verzückt bei jedem Satz. Und nickte ganz besonders, als Jesus fortfuhr:

– Und nicht zuletzt dein größtes Sinnesorgan, die Haut: das Fühlen eines Windhauchs, des Wassers und der Erde, von Wärme und Kälte und die Berührung von Tieren und Menschen …

– Das erinnert mich an Epikur, den großen griechischen Philosophen, der den Genuss als eigentlichen Sinn unseres irdischen Lebens propagierte …, meldete sich Jakob, der Genießer.

– Der Genuss sollte nicht zum alleinigen Selbstzweck und zum Sinn des Lebens werden, antwortete Jesus.

– Jeder Mensch wird geboren mit einer Lebensaufgabe. Er wird Teil eines Entwicklungsprozesses. Lasst euer Ziel nicht aus den Augen. Aber auf dem Weg dorthin dürft ihr alle Erfahrungen, die euch das Leben bietet, in vollen Zügen genießen. Haltet Augen und Ohren und alle Sinnesorgane offen für die Angebote dieser Welt. Genießt den Augenblick, seid stets neugierig und offen für neue Erfahrungen.

Das tägliche Brot

Jakob, der Sinnliche, blickte mit leuchtenden Augen auf den reich gedeckten Tisch.

– Jesus, jetzt nehmen wir deine Worte mal ernst und genießen in vollen Zügen mit Augen, Nase und Gaumen die uns dargebotenen Köstlichkeiten im Hier und Jetzt. Wenn Gott unseren Körper geschaffen hat, um in der materiellen Welt Erfahrungen zu sammeln, und von uns verlangt, dass wir ihn ehren und schützen, dann müssen wir auch dafür sorgen, dass er ausreichend ernährt wird. Essen und Trinken halten Leib und Seele zusammen, fuhr Jakob fort, strich sich liebevoll über den runden Bauch, hob sein Weinglas, prostete in die Runde und biss herzhaft in Falafel und Fladenbrot.

Jesus langte ebenfalls zu, erhob jedoch lehrmeisterlich den Zeigefinger:

– Ausreichende und qualitativ hochwertige Nahrung und gutes energetisch reines Wasser gehören dazu, sowie der Verzicht auf übertriebene, gierige Schlemmereien. In Maßen ist fast alles erlaubt!

Aaron, der Abstinenzler, hatte seinen Weinbecher stehen lassen und hob jetzt ebenfalls warnend den Finger:

– Alkoholische Getränke schaden dem Körper und du solltest ihn in deiner Lehre komplett verbieten.

Jesus schenkte sich – etwas provokativ – einen Becher Wein ein, trank genüsslich einen Schluck, prostete Sarah, der Gastgeberin, zu und erwiderte lächelnd:

– Ein Becher des guten Weines zu einer leckeren Mahlzeit erhöht den Genuss und wird sicherlich nicht Gottes Zorn hervorrufen. Er besäuselt etwas den Kopf, löst die Zunge und hebt die Stimmung. Das ist auch nicht dramatisch, solange der Geist sich und den Körper unter Kontrolle hat.

– Leider ist das mit der Kontrolle so eine Sache!, warf Jakob, der Schlemmerer, selbstkritisch ein. Im Wirtshaus trinken viele mehr, als ihnen guttut. Sie trinken nicht wegen des Genusses, sie trinken, um Probleme zu vergessen und dem oft sehr harten Alltag zu entfliehen. Die Zunge wird gelöst, oft leider unkontrolliert. Es kommt nicht selten zu Streitereien und manchmal sogar zu Prügeleien. Die Emotionen werden nicht mehr kontrolliert, einige werden aggressiv, andere depressiv und wieder andere schlafen ein. Und bei vielen versucht der Körper auf unappetitliche Weise das Zuviel wieder loszuwerden.

– Siehst du!, fühlte sich Aaron bestätigt. Die Menschen sind nicht in der Lage, sich selbst zu kontrollieren, sie können nicht aufhören, wenn der Genuss nachlässt und der Trieb oder die Sucht die Kontrolle übernimmt. Lieber alles oder nichts. Also nichts!

– Das mag für einige Menschen zutreffen!, konterte Jesus. Natürlich ist jede Art von Sucht, sei es Alkohol oder sonstige Drogen, schädlich für Körper und Geist. Sucht ist mangelnder Respekt vor dem Körper, fehlende Zuwendung für Gottes Werk. Wer in ein solches Verhalten hineingerutscht ist, sollte alles dafür tun – nötigenfalls auch mit Hilfe von Ärzten und Therapeuten – um wieder Herr über sich selbst zu werden. Aber auch diese Menschen sind Kinder Gottes und wir müssen ihnen verzeihen. Und sie müssen sich selbst verzeihen …

– Alkohol ist und bleibt schlecht, genauso wie Schweinefleisch. Jetzt sag nur noch, du würdest den Menschen auch den Genuss von Schweinefleisch gestatten? Aaron, der Wütende, blickte entsetzt auf Jesus, der jetzt antwortete:

– Ich würde auch Schweinefleisch nicht grundsätzlich verbieten. In anderen Kulturen werden andere Tiere gemieden. Die Hindus in Indien beispielsweise essen keine Rinder, weil sie bei ihnen heilig sind. Ich würde Schweinefleisch nicht verbieten, aber den übermäßigen Genuss auch nicht empfehlen, entgegnete Jesus mit einem Blick zu mir.

Ich berichtete aus der Erfahrung meiner Praxis:

– Aus medizinischer, naturheilkundlicher Sicht ist Schweinefleisch nicht sehr gesund. Schweinefleisch blockiert die Entgiftungskapazitäten des Körpers und Giftstoffe werden nicht mehr ausreichend ausgeschieden. Sie lagern sich im Körper ab und können die Bildung von Eiter begünstigen. Ich kenne einige Römer, die deswegen unter Pickeln, Furunkeln und anderen Hautkrankheiten leiden.

Jesus schob seinen Teller beiseite, trank einen großen Schluck Wasser und fuhr fort:

– Wichtiger noch als die Wahl des Tieres, welches wir zu uns nehmen, ist die Art und Weise, wie wie wir mit ihm umgehen. Tiere, auch wenn sie uns Menschen unterstehen, sind Lebewesen und Schöpfungen Gottes. Sie sollten artgerecht gehalten und ernährt werden und das Schlachten sollte schnell und schmerzlos sein.

– Halal oder koscher!, ergänzte Aaron, der Opferdiener, und Jesus fuhr fort:

– Die Information des Lebens und des Sterbens eines Tieres liegt auf unserem Teller und beeinflusst die Gesundheit des Konsumenten!

Deborah, die Vegetarierin, fragte:

– Wäre nicht die Ernährung vieler Inder ein Vorbild? Sie ernähren sich vegetarisch oder sogar vegan.

Jetzt musste ich eingreifen:

– Die gesündesten meiner Patienten waren diejenigen, die sich überwiegend vegetarisch ernährten und hin und wieder etwas Fisch oder Fleisch zu sich nahmen. Die reinen Veganer leiden früher oder später an Mangelerscheinungen. Seht euch an, wie Gott die Natur geschaffen hat. Viele Pflanzenfresser und wenige Fleischfresser, die die Populationen unter Kontrolle halten. Und seht euch das menschliche Gebiss an. Zähne zum Reißen und Zähne zum Zermalmen. Menschen sind von Natur aus Allesfresser!

– Wie die Schweine, amüsierte sich Jakob, der Gastwirt.

Fasten

– Natürlich ist es gut, allen Sinnesfreuden einschließlich des guten Essens nachzugeben, meldete sich Deborah, die Asketische, aber es ist auch wichtig, Zeiten des Rückzugs und der Kontemplation einzulegen und zu fasten. Fastenzeiten kennen wir bei fast allen Kulturen und Religionen.

– Fasten ist gut für Körper und Seele, bestätigte ich aus meiner Erfahrung.

– Der Körper hat dabei die Möglichkeit zu »entgiften« und Reserven zu mobilisieren. Der Geist kommt zur Ruhe und kann ebenfalls neue Kräfte sammeln.

– Auch im Ashram gab es regelmäßige Fastenzeiten, bestätigte Jesus.

Bei der Durchführung des Fastens gibt es allerdings große Unterschiede.

– Das stimmt, fuhr ich fort. In der jüdischen Tradition fasten wir aus religiösen Gründen zwar mehrmals im Jahr, aber höchstens für einen Tag und eine Nacht. An einigen Feiertagen wie am »Versöhnungstag« (Jom Kippur) essen und trinken wir nicht von Sonnenuntergang bis zum Einbruch der Nacht am nächsten Tag. Manche fasten auch bei der Trauerverarbeitung oder zur energetischen Verstärkung wichtiger Gebete! Andere Zeitgenossen legen aus gesundheitlichen Gründen einen Fastentag ein, wenn sie beim Feiern zu sehr über die Stränge geschlagen haben.

Effektiver ist ein Fasten über mehrere Tage oder Wochen, berichtete Jesus.

– Auch im Ashram gab es Fastenzeiten. Die klassische Panchakarmakur der ayurvedischen Medizin in Indien geht über mehr oder weniger 40 Tage. Individuelles, rein vegetarisches Essen nach deinem Stoffwechseltyp, verbunden mit Massagen, Kräuteranwendungen und Meditationen. Danach fühlt man sich wie neugeboren. Ihr müsst ja nicht wie ich einen 40-tägigen Aufenthalt in der Wüste machen. Bei diesem habe ich überwiegend gefastet. Den Körper habe ich durch Yoga-Übungen trainiert. Nach den anfänglichen Problemen wurden Geist und Seele immer klarer, bewusster und feinfühliger.

Aaron, der Enthaltsame, bestätigte:

– Bei uns im Tempel fasten einige Tempelangestellte vier Wochen vor einem großen religiösen Fest, essen in dieser Zeit kein Fleisch und trinken keinen Alkohol.

– Das Fasten selbst kann auch unterschiedlich streng ausgeführt werden, fuhr ich fort.

– Manche essen nur Obst – Obstfasten. Mehr Effekt hat das Saftfasten. Hier verzichtet der Mensch komplett auf jegliche feste Nahrung. Er soll viel trinken und sich dabei auch bewegen (zum Beispiel Fastenwandern). Der Körper kann dabei optimal entgiften. Solche strengen Fastenkuren über mehr als eine Woche sollten aber von einem damit erfahrenen Arzt begleitet werden. Bei den Ausscheidungen muss oft mit Kräutern nachgeholfen werden.

– Fasten sollte als Teil deiner Lehre für alle Gläubigen vorgeschrieben werden, schlug Aaron, der Strenge, vor.

– Über die Details könnte man ja noch mal diskutieren. Man könnte auch stundenweise fasten, zum Beispiel tagsüber nichts essen und nichts trinken und den Gläubigen nachts Gelegenheit geben, sich wieder zu »regenerieren«.

– Und sich dann nachts den Bauch vollschlagen! Finde ich gut …, freute sich Jakob.

– Der mit seinen Vorschriften, resignierte Jesus.

– Ich mag diese Forderungen und Einschränkungen nicht!

Ich wollte das Thema jetzt nicht ausweiten und nicht von dem leckeren Abendmahl im Hier und Jetzt ablenken, aber bei mir dachte ich: Es mag eine gute mentale Erfahrung sein, Hunger und Durst zu spüren, um sich in die Bedürfnisse der

armen Menschen in unserer Gesellschaft hineinversetzen zu
können.

Askese und Fortpflanzung

Jakob brach sich ein Stück von dem leckeren Fladenbrot ab und sinnierte:

– Der Mensch lebt nicht vom Brot allein. Es gibt auch andere Genüsse, die wir über die Sinnesorgane erfahren können. Ich denke hier hauptsächlich an die Haut. Berühren und Fühlen sind nicht nur ureigenste Instinkte, sondern auch eine Möglichkeit, seine Mitmenschen auf eine besondere, ganz intime Weise wahrzunehmen. Vor allem im frühen Erwachsenenalter, wenn die Körpersäfte hochsteigen. Und mit einem Seitenblick auf Jesus fuhr er fort:

– Hattest du nicht auch Mönchsbrüder in deinem Ashram, die das Meditieren manchmal satthatten, nachts über Klostermauern verschwanden und die Mädchen im Dorf beglückten?

Aaron, der Enthaltsame, war geschockt und erhob die Stimme, während ihm Deborah im Hintergrund zunickte:

– Du solltest deinen Schülern lehren, sich nicht mit niederen Bedürfnissen und Gelüsten zu beschäftigen. Diese niederen Instinkte sind die tierischen Seiten unseres Daseins. Ist es nicht unsere Lebensaufgabe, unsere tierischen Seiten hinter uns zu lassen und nach Höherem zu streben, nach geistiger Vollkommenheit und nach Göttlichkeit? Weg von der körperlichen Liebe hin zur göttlichen Liebe. Sexualität hat uns Gott nur zur Fortpflanzung gegeben. Sie hat keinen anderen Sinn! Sexualität zur Befriedigung einer Begierde ist Sünde! Meine Eltern haben sich nach der Geburt des vierten Kindes selbst das Keuschheitsgebot für den Rest des Lebens auferlegt.

– Selber schuld, lachte Jakob, der Lustvolle, und fuhr fort: Damit kannst du unseren Mitbürgern aber keine Freude bereiten. Wenn ein Mönch sich das Keuschheitsgelübde auferlegt, weil er andere spirituelle Erfahrungen machen möchte, ist das seine Entscheidung. Die allermeisten Menschen aber wollen keine Mönche oder Nonnen werden und wollen ihre Freude an der Sexualität behalten, auch ohne den Wunsch nach Vermehrung …

Jesus hatte aufmerksam zugehört und ergriff nun wieder das Wort:

– Die Sexualität ist eine wunderschöne Möglichkeit, alle fünf Sinne, die Gott unserem Körper gegeben hat, einzusetzen und Erfahrung zu sammeln. Den Körper der oder des Geliebten mit dem Auge betrachten, seine oder ihre Stimme mit den Ohren hören, mit der Nase den lieblichen Duft aufnehmen, den Schweiß auf der Zunge schmecken und die vielen Arten von Berührungen mit Lippen, Händen, ja, mit dem ganzen Körper spüren. Gibt es Schöneres in unserer Welt der Sinne? Erfahren und annehmen, aber auch geben … Gott hat uns die Sexualität gegeben! Nicht nur zur Fortpflanzung, auch wenn sie für viele eine wichtige Erfüllung im individuellen und gesellschaftlichen Leben ist.

Gott freut sich über alles, was mit Liebe geschieht. Sexualität, verbunden mit Liebe, kann auch ein »göttliches« Erlebnis sein. Der oberflächliche, nur durch Begierde und Machtgefühl getriebene, empfindungsarme, erzwungene oder brutale Geschlechtsakt endet für beide Seiten in Schmerz, Enttäuschung und Ekel. Die liebevolle Berührung, der von Liebe erfüllte Geschlechtsakt, egal ob mit Mann oder Frau, ob mit dem anderen Geschlecht oder dem gleichen, bringt uns Gefühle von tiefer Befriedigung, Entspannung und Glückseligkeit. immer verbunden mit gegenseitigem Respekt. In Indien habe ich auch vom **Tantra-Yoga** gehört. Ein Teil dieser Techniken beschäftigt sich mit der Öffnung der Sinne und lehrt die Kunst der sinnlichen Berührung. Ich würde mich nicht wundern, wenn eines Tages ein illustriertes Buch über diese Techniken zu uns in den Westen käme.

Während einige der Anwesenden einen empörten Gesichtsausdruck machten, andere einen roten Kopf zu bekommen schienen, warf ich einen neugierigen Blick hinüber zu Maria Magdalena. Sie hatte aufmerksam zugehört. Manchmal hatte ich den Eindruck, sie wolle das Wort ergreifen, hielt sich aber wieder zurück. Die Blicke, die sie Jesus zuwarf, waren in meiner Wahrnehmung mehr als die Bewunderung für einen Meister. Sie liebte ihn – zumindest seelisch und geistig. Ihr kaum sichtbares zustimmendes Nicken könnte darauf schließen lassen, dass sie auch schon die Freuden der körperlichen Liebe erfahren haben könnte – vielleicht sogar mit Jesus? Das werden wir wohl nie erfahren. Nie würde einer von beiden auch nur ein einziges Wort darüber verlieren. Es wird auf ewig ihr kleines Geheimnis bleiben.

Einen Moment lang dachte ich an das Erwachen der Sexualität in meiner eigenen Jugendzeit, an die Begierden, an den sehnlichen Wunsch nach Berührung. Ich dachte an die jugendliche Verliebtheit und das Experimentieren mit allen möglichen Formen der Berührung.

Obwohl Sitte und Moral unserer jüdischen Gesellschaft es verlangen, dass die Eheleute jungfräulich in die Ehe gehen, sieht die Wirklichkeit oft ganz anders aus. Als Arzt und Vertrauter vieler Menschen, gebunden an die Schweigepflicht, weiß ich, dass viele junge Menschen voreheliche Erfahrungen haben. Viele Kinder sind angebliche Frühgeburten und ich kenne »weise« Frauen, die auch eine ungewollte Schwangerschaft beenden können. Ich habe immer versucht, die Nöte der Menschen zu verstehen, und immer versucht, nicht zu urteilen. Urteilen ist Sache Gottes, aber vielleicht hat er ja auch Verständnis für die Schwächen der von ihm geschaffenen Wesen. – Deine Ausführungen kann ich nicht akzeptieren!, protestierte Aaron, der Spielverderber. Viele von uns Tempelpriestern haben Keuschheit geschworen, um mit unserer ganzen Energie und Kraft Gott und den Menschen zu dienen.

– Heuchler!, schrie Jakob, der Angriffslustige. Nach außen zeigt ihr euch so heilig! Aber einige von euch, bei denen der natürliche Trieb alle guten Vorsätze und Schwüre überwältigt, vergehen sich an kleinen Jungs oder schwängern ihre Haushälterin!

– Und dann steinigen sie noch die Ehebrecherinnen!, ergänzte Maria Magdalena, die Frauenrechtlerin. Nur weil die junge Frau einen Augenblick der Schwäche hatte und sich von einem Liebhaber oder vom Zauber eines erotischen Augenblicks verführen ließ. Muss sie dafür ihr Leben lassen?

– Das ist unser Gesetz!, wiederholte Aaron und erklärte:

– Es schützt die Familie und verhindert uneheliche Kinder und Bastarde. Nur durch unsere Gesetze konnte unser Volk über Jahrhunderte zusammengehalten werden. Schon die Kinder lernen die Gesetze und jeder weiß, dass Gesetzesbrecher bestraft werden müssen.

Das gute Recht

Jesus trank einen Becher des Kräutertees aus frisch gepflückter Minze, nahm dazu eine Handvoll Fenchelkörner und ergriff jetzt wieder das Wort.

– Gesetze wurden erschaffen, um das Zusammenleben von Menschen in einer Gemeinschaft zu ermöglichen. Die ursprünglichsten Gesetze wurden von Gott vermittelt und sind in fast allen Religionen und Kulturen gleich oder sehr ähnlich. Je größer und komplizierter die Gesellschaften wurden, desto mehr Gesetze und Strafen wurden erfunden. Die Gesetze sollen dem Menschen dienen, nicht die Menschen den Gesetzen. Der Sabbat wurde für die Menschen gemacht, nicht die Menschen für den Sabbat.

– Du würdest die Ehebrecherin nicht steinigen? Maria Magdalena kam zurück zum Thema des Gesprächs. Jesus sah sie mitfühlend an und lächelte:

– Was würde Gott tun? Ist es tatsächlich der unbarmherzige, strafende Gott der alten Schriften oder ist es der liebende, verzeihende Gott der neuen Zeit? Gott ist der oberste Richter! Welches Recht nehmen sich die Menschen, Richter und zugleich Henker zu spielen? Mit welchem Recht heben sie die Steine auf, um einen wehrlosen Körper hinzurichten? Sind sie selbst frei von Sünde? Haben sie nie etwas Unrechtes getan? Wurde ihnen nicht auch verziehen? Ja! Gott ist gnädig und verzeiht auch den Ehebrechern, vor allem, wenn sie ihre Taten bereuen. Gott hält das Leben für wertvoller als alte verkrustete Gesetze!

Aaron, der Gerechte, sprang empört auf.

– Du wagst es, unsere Gesetze infrage zu stellen und die Unzucht zu verteidigen?

Das schwache Geschlecht

– Und gerade beim Ehebrechen wird das Gesetz oft ungerecht umgesetzt, schrie Maria Magdalena, die Feministin.

– Während junge Frauen gesteinigt werden, kommen die Männer oft ungeschoren davon. Selbst ein Besuch bei der Dirne wird ihnen verziehen. Denken Männer denn nur mit ihrem Schwanz? Die scheinbar unkontrollierbaren, animalischen Triebe der Männer sind dann gerne die Entschuldigung für die ungleiche Behandlung der Geschlechter in unserer Gesellschaft. Sind vor Gott denn Frauen Menschen zweiter Klasse?

– Am Anfang hat Gott den Mann »Adam« geschaffen. Die Frau »Eva« wurde aus seiner Rippe geschnitten!, antwortete Aaron, der Patriarch, mit einem Achselzucken und ergänzte:

– »Die Frau sei dem Manne untertan!«, sagte Gott.

– Sagen die Schriften!, fuhr Jesus dazwischen. Das ist genau das Problem mit den Schriftrollen. Gott schreibt nicht! Menschen schreiben! Es sind fromme Menschen, die behaupten, Gott oder einer seiner Engel habe es ihnen diktiert. Aber die Menschen schreiben Worte auf, die durch ihre persönliche Lebensphilosophie und die Ansichten ihrer Kultur und ihres Zeitalters geprägt sind. Und die alten Schriften sind in einer patriarchalischen Gesellschaft entstanden.

Gott macht bei seinen menschlichen Geschöpfen keinen Unterschied. Er liebt Frauen und Männer gleichermaßen. Alle Menschen sollen glücklich werden, unabhängig vom Geschlecht. Auch die, die nicht wissen, welcher Kategorie sie angehören … Und auch diese werden geliebt.

Maria Magdalena, die Kämpferin, triumphierte und warf Jesus einen anerkennenden Blick zu.

– Frauen waren bei den alten Völkern oft viel anerkannter als jetzt bei den Juden und Römern. Es gab Priesterinnen, Heilerinnen, Hebammen, Kräuterweiblein, »weise Frauen«, deren

Rat oft angenommen wurde. Es gab sogar Kriegerinnen und Königinnen. Denkt mal an Hatschepsut und Kleopatra in Ägypten. In den früheren matriarchalischen Gesellschaften wurde die Mutter Erde als oberste Gottheit angebetet und die Erbschaft ging über die Frauenlinie. Sie konnten sich auch vollkommen sicher sein, wer ihr eigenes Kind war.

Jesus bremste die aufsteigende Erregung von Maria Magdalena und erwiderte mit strengem Blick:

– Auch die Frauen sollten nicht überheblich werden und sich für das »bessere« Geschlecht halten. Auch sollten sie nicht die Männer in ihrer Kleidung und in ihrem Verhalten imitieren. Sie sollten Frauen bleiben und die Männer unterstützen. Und Männer sollen Männer bleiben und die Frauen unterstützen. »Gleichberechtigung« ist Gottes Wille. Es wird wahrscheinlich noch eine ganze Zeit dauern, aber irgendwann in der fernen Zukunft werden wir dieses Ziel erreichen.

Bevor der aufgebrachte Aaron antworten konnte, hob Jesus die Hand, um die Stimmung, die jetzt zu kippen drohte, aufzufangen.

Jesus blickte streng in die Runde.

– Es ist nicht meine Aufgabe, die Menschen in allen Bereichen des Lebens zu kontrollieren und zu gängeln. Ich kümmere mich nicht um Kleinigkeiten und kritisiere nicht kleinere, kulturell bedingte Schwächen. Meine Botschaft ist eine große Aufgabe, die alles andere in den Hintergrund treten lässt: Liebe!

Der freie Wille

– Und jetzt wechseln wir das Thema!, schlug ich vor, um die bisherige Harmonie des Abends nicht aufs Spiel zu setzen.

Jesus setzte sich aufrecht hin.

– Liebe! Über allem steht die Liebe! Was ihr aus Liebe tut, ist niemals falsch! Aber jeder hat das Recht, für sein eigenes Leben Entscheidungen zu treffen. Aber keine dieser Entscheidungen sollte zum allgemeinen Dogma gemacht werden!

– Entscheidungen? Wie können wir Entscheidungen treffen? Judas erhob sich und seine Stimme wurde immer lauter. Sind wir nicht von Anfang an eingeschränkt? Ist es nicht Gott, der unser Leben leitet? Und uns gar keine Möglichkeit für eigene Entscheidungen gibt? Gott regiert die Welt nach seinem Willen! Einen »freien Willen« für uns kleine Menschen gibt es nicht.

– Oh, oh, da ist aber einer sehr fatalistisch!, warf Jakob, der Freidenker, ein. Nathan, der Denker, fuhr fort:

– Gott gibt uns einen Körper und einen Geist, und damit gibt er uns ein gewisses Potential. Wir können nicht mehr erreichen, als was uns unser Körper, unsere Geschicklichkeit und unsere Intelligenz uns erlauben. Dann werden wir in eine Familie, eine Gesellschaft mit Regeln und Traditionen hineingeboren. Auch das schränkt uns in unseren Möglichkeiten ein. Viele Familien bestimmen unseren Beruf und unseren Lebenspartner. Unser Denken und unsere persönlichen Entscheidungen werden geprägt von unserer Erziehung, unserem Glauben und unserer Lebensphilosophie. Wir treffen Entscheidungen, weil wir nicht anders können, unser Geist ist programmiert. Wo ist er, der freie Wille?

Jesus hatte aufmerksam zugehört und ergriff jetzt das Wort:

– Du hast recht – zum Teil! Ich sehe das Leben etwas anders. Unsere Seele kommt auf die Erde, um zu lernen und sich weiterzuentwickeln. Sie sucht sich die Familie, die Gesellschaft, die Nation und die Zeitepoche aus, wo sie dieses Lernziel am besten realisieren kann. Gott liebt unsere Seele und er gibt ihr den dazu passenden Körper, die passende Familie und die passende Gesellschaft. Wenn wir geboren werden, müssen wir zunächst die Regeln der Gesellschaft lernen. Mit der Zeit lernen wir mit Verstand, Emotionen und vor allem mit Intuition, was unsere eigentliche Aufgabe in diesem Leben ist. Gott gibt uns immer wieder Zeichen und Hinweise.

Thomas fuhr dazwischen:

– Zeichen und Hinweise? Das halte ich eher für Zufälle!

Jesus widerspricht:

– Es gibt keine Zufälle! Was wir manchmal als glücklichen Zufall erleben, ist Teil eines göttlichen Plans. Gott gibt uns Möglichkeiten und Gelegenheiten, er lässt uns im »richtigen« Moment die »richtigen« Menschen begegnen. Gott gibt uns die Landkarte des Lebens – unsere Intuition, unsere »innere Stimme«. Wenn wir die Karte richtig lesen, auf unsere Intuition hören, treffen wir auch die »richtigen« Entscheidungen, die uns in diesem Leben weiterbringen.

Ich ließ mein eigenes Leben für einen Moment Revue passieren. Im Kleinen habe ich sicherlich oft Fehler gemacht und jeder scheinbare Fehler hat sich als wertvolle Erfahrung herausgestellt. Bei den großen, wichtigen Lebensentscheidungen, wie die Wahl meines Berufes, der Lebenspartnerin, des Wohnorts und der Lebensphilosophie, habe ich nicht nur auf meinen Verstand, sondern vor allem auf mein Herz gehört. Und immer bin ich im richtigen Moment »zufällig« den richtigen Menschen begegnet. Hier habe ich die »richtigen« Entscheidungen getroffen, die ich niemals bereut habe. Oft blicke ich zurück und sehe einen »roten Faden«, der sich durch mein Leben zieht. Das macht mich stolz, demütig und glücklich! Leider haben nicht alle Menschen einen solchen fast problemlosen Lebensweg. Manche müssen viele Umwege machen und durch die eine oder andere Hölle gehen. Manche bleiben auch irgendwo stecken, sehen keinen Horizont mehr und versinken in Dunkelheit und Hoffnungslosigkeit

– Menschen, die im Erwachsenenalter noch nicht wissen, was ihre Lebensaufgabe ist, werden körperlich oder seelisch krank, bestätigte ich und erklärte:

– Die Krankheit ist das Zeichen des Körpers, dass wir von dem für uns bestimmten Lebensweg abgewichen sind. Die Krankheit gibt uns die Möglichkeit zum Innehalten, zum Nachdenken. Wir sollen uns bewusst werden, wo wir von unserem Weg abgewichen sind und uns wieder in unsere eigene Mitte führen. Dann sind wir bereit zur Heilung!

– Gott liebt uns, fuhr Jesus fort.

– Wenn wir uns scheinbar »falsch« entschieden haben, bekommen wir früher oder später eine neue Chance. Er hält uns die Hand hin, zugreifen müssen wir schon selbst. Wichtige Entscheidungen müssen wir ganz alleine treffen und wir müssen die Verantwortung für die Folgen dieser Entscheidungen ganz alleine tragen. Das ist das Göttliche in uns! Das ist der freie Wille!

Fremdenergien

Maria Magdalena ergriff jetzt wieder das Wort:
– Leider gibt es aber auch Menschen, die ihre innere Stimme nicht hören, teilweise weil sie sich durch den Druck der Gesellschaft und der Politik manipulieren lassen, teilweise weil sie unter dem Einfluss einer fremden, unsichtbaren Macht zu stehen scheinen. Es gibt Menschen, die scheinen von fremden Mächten geleitet zu sein, als wenn ein kleiner Dämon auf ihren Schultern sitzt und ihnen zuflüstert, was sie zu tun oder zu lassen hätten.
– Das stimmt!, warf ich ein. Ich kenne das von Patienten. Manche entwickeln hier richtige Krankheiten. Viele Geisteskrankheiten scheinen mit solchen – ich nenne sie mal »Fremdenergien« – im Zusammenhang zu stehen. Ich kenne auch Menschen – dazu gehöre ich leider nicht –, die solche Fremdenergien wie fremde Wesenheiten sehen oder spüren können. Es soll sich nicht selten um Seelenanteile von herumirrenden Verstorbenen handeln.
– Tote?, erschrak Deborah, die Ängstliche. Aus dem Himmel oder aus der Hölle?
– So weit sind die noch gar nicht, beruhigte Jesus sie.
– Wie wir vorhin schon besprochen haben, gibt es Seelen, die in einer Zwischenwelt umherirren. Vor allem, wenn sie plötzlich oder unerwartet sterben, zum Beispiel durch einen Unfall oder durch ein Verbrechen.
– Du meinst, sie haben noch gar nicht gemerkt, dass sie tot sind?, fragte Deborah ungläubig nach.
– Genau, fuhr ich fort. Da sie so plötzlich dem Leben entrissen wurden, waren sie völlig unvorbereitet. Sie möchten noch etwas erledigen oder etwas den Lebenden mitteilen. Also suchen sie sich einen lebenden Körper und Geist, der mit ihren

Schwingungen in Resonanz geht und »docken« sich daran an. Und manche »Hellseher« spüren solche »Fremdenergien« in der Aura, im Energiefeld der Betroffenen.

– Und was machst du als Arzt bei solchen Krankheiten?, fragte mich Deborah weiter.

Ich dachte kurz nach und antwortete:

– Es gibt ein paar Kräuter, die beruhigend wirken, aber die eigentliche Heilung muss auf einer anderen Ebene stattfinden.

– Exorzismus?, fragte Aaron. Jesus antwortete:

– Ein großes Wort. Leider wird auch hier viel Missbrauch betrieben. Aber Gebete und Rituale können durchaus sehr hilfreich sein. Ich habe auch hier schon »Wunderheilungen« gesehen. Wie Menschen vom Wahnsinn befreit wurden, als wenn ein böser Dämon plötzlich den Körper verlässt.

Judas wandte sich zu Jesus:

– Hast du das auch gelernt?

Rückkehr

– Ist ja superinteressant, dein Aufenthalt im fernen Indien, unterbrach Maria Magdalena die etwas längere Gesprächspause, in der jeder seine Gedanken zu ordnen schien.
– Wie war denn die Rückkehr?
Jesus genoss auch die kurze Gesprächspause, ergriff aber dann wieder das Wort:
– Nach sieben Jahren ging ich zum Abt und teilte ihm meinen Entschluss mit. Ich habe unendlich viel gelernt. Ich habe meditiert und Erleuchtung erlangt. Ich habe meinen Gott gefunden. Er hat mir meine Lebensaufgabe mitgeteilt und mir meinen Weg vorgegeben. Gott liebt mich, wie ein Vater seinen Sohn liebt. Ich fühle mich wie ein Sohn Gottes. Er wird mich überall unterstützen. Ich habe alle Werkzeuge hierfür an die Hand bekommen. Ich kann meinen Geist kontrollieren und fokussieren. Jetzt ist der Zeitpunkt gekommen, zu meinem Volk in meine Heimat zurückzukehren. Ich will ihnen die Frohe Botschaft von der unendlichen Liebe Gottes beibringen. Liebe und Mitgefühl geben dem Leben einen Sinn. Der Glaube daran und der Glaube an Gott führt zur Erleuchtung. Jedermann kann sie erreichen, auch ohne Askese und Klosterleben.
– Und wie reagierten der Abt und deine Klosterbrüder?, interessierte sich Aaron.
– Auch der Abt hatte mich im Laufe der Jahre liebgewonnen, so wie auch ich ihn liebgewonnen hatte und verehrte. Ich verließ ihn in großer Dankbarkeit und er ließ mich ziehen. Er wusste, dass er mich nicht halten konnte und er wusste, dass ich meine eigentliche Lebensaufgabe nur bei meinem Volk verwirklichen konnte. Einige meiner Freunde, die ich im Kloster neu gewonnen hatte, waren traurig und weinten. Aber auch sie wussten, dass dieser Tag kommen würde.

– Hast du wieder eine Karawane für die Rückreise gesucht?, fragte Nathan, der Kaufmann.

– Die Rückreise wollte ich mit dem Schiff über den Persischen Golf machen. In mehreren Wochen wanderte ich zu einer großen Hafenstadt am Indischen Ozean. Ich arbeitete einige Wochen als Schreiner in der Schiffswerft und verdiente mir das Geld für meine Passage Richtung Westen. Das Schiff segelte an der Südküste Persiens entlang bis an die Mündung von Euphrat und Tigris. Ich schloss mich einer Gewürzkarawane an und war schon nach einem halben Jahr zurück in Israel.

– Da haben sich deine Eltern und deine Geschwister aber gefreut, vermutete Maria Magdalena, und »nicht nur die«, dachte ich still. Jesus strahlte und schien in der Erinnerung dieses Augenblicks zu baden.

– Und wie ... auch ich war überglücklich, sie alle wieder in den Armen zu halten. Es war ein Gefühl, nie weg gewesen zu sein. Aber es waren fast zehn Jahre vergangen. Ich war nicht mehr der junge, unerfahrene Mann, der ich früher war. Aber auch meine Eltern, Geschwister und meine Freunde hatten sich verändert. Auch Israel hatte sich verändert.

Reisen und pilgern

– Was hat diese Reise für dich bedeutet?, fragte Maria Magdalena.

– Oder was bedeutet Reisen im Allgemeinen für dich? Die meisten unserer Mitmenschen verlassen ihr Leben lang ja kaum das eigene Dorf, die einzige Ausnahme sind vielleicht Feiern im Nachbardorf oder große religiöse Feste wie in unserer Hauptstadt Jerusalem.

– Die Einzigen, die in der Welt herumkommen, sind Soldaten und Kaufleute, sinnierte Nathan. Die einen zerstören die fremden Kulturen und die anderen nutzen sie aus, um den eigenen Reichtum zu vermehren.

– Oder man ist Pilger!, rief Aaron. Jesus dachte einen kurzen Moment nach und bestätigte:

– Ja, ich glaube, es war eine Art Pilgerreise. Jede Reise, auch die des Pilgers, hat ein Ziel. Mein geographisches Ziel war Indien, mein spirituelles Ziel war die Suche nach Gott und emotional standen Neugierde und Entdeckerfreude ganz im Vordergrund. Jeder Tag war einmalig an neuen Eindrücken und Erfahrungen, die man zu Hause kaum so erleben kann. Atemberaubende Landschaften, nie gesehene Pflanzen und Tiere, andersartige Menschen mit für uns ungewöhnlicher Kleidung, unverständlicher Sprache und mit eigenartigen Gewohnheiten. Andere Völker und Kulturen … Dazu das Gefühl von Abenteuer: morgens nicht zu wissen, ob und was man zu essen bekommt und wo man schlafen wird. Und immer die Gefahr von Krankheiten und Überfällen … Selbst wenn ich das Ziel nie erreicht hätte, das Erlebnis des Weges dahin war es wert.

– Der Weg ist das Ziel!, warf meine Frau Sarah nachdenklich ein.

– Dazu gehört auch eine Portion Mut, bemerkte Maria Magdalena.

– Mut ja, Leichtsinn nein! Damit steigt die Wahrscheinlichkeit, das Ziel zu erreichen und auch wieder nach Hause zu kommen!, bestätigte Jesus.

Aaron, der Priester, dachte nach:

– Jeder Gläubige sollte mindestens einmal im Leben eine Pilgerreise unternehmen. Das Ziel sollte eine heilige Stätte sein. Aber der Weg sollte vorgegeben werden, er sollte energetisch aufbauend sein und an vielen kraftvollen Orten vorbeiführen wie Tempeln, Kapellen, Steinkreisen oder anderen »magischen« Orten. Natürlich soll der Pilger auch die Erfahrung von Schwierigkeiten und Entbehrungen machen: Er soll Hunger und Durst spüren, Erschöpfung und Müdigkeit, Schmerzen, Fußblasen und Muskelkrämpfe, Hitze, Kälte, Regen und Unwetter. Aber die Energien der Orte am Wegesrand sollen den Pilger körperlich und seelisch aufbauen und seine Spiritualität entwickeln.

– Aber es gibt doch schon bekannte Pilgerwege, auf denen man Gleichgesinnten begegnen kann, sprach Nathan aus eigener Erfahrung.

– Ja, der Tempel des Salomon in Jerusalem ist einer der wichtigsten Pilgerorte, ergänzte Thomas, der Gebildete.

– Andere pilgern zu den Tempeln in Rom, zur Akropolis in Athen oder zum Orakel nach Delphi. Frühere Kulturen stellten zur Verstärkung der Energie an diese Stellen Megalithen, große aufrechte Steine oder Steinkreise. Die geomantische Energie der Erde begegnete hier der kosmischen Energie des Universums – sie wurden nach astronomischen Ausrichtungen gebaut. Die göttliche Symbiose von Himmel und Erde. Es soll auch magische Orte in der Natur geben wie Bäume, Felsen oder Felder, wo man sich den Sternen sehr nahe fühlt. Die Römer nennen es ein »Sternenfeld« (latein. »Campus stellae«, span. »Compostella«).

– Ich habe von einem speziellen Ort auf der Arabischen Halbinsel gehört, ergänzte Aaron, der Pilgerfreund.

– Seit Jahrhunderten pilgern Beduinenstämme zu einem Ort, wo ein großer, schwarzer Stein in der Wüste bei Mekka liegt. Er soll vor Jahrhunderten vom Himmel gefallen sein, direkt aus den Händen Gottes.

– Ich finde, du solltest in deiner Lehre darauf bestehen, dass jeder Gläubige einmal im Leben eine Pilgerreise dorthin machen MUSS!, bekräftigte Aaron.

– Warum wieder dieser Zwang?, widersprach Jesus. Wer pilgern will und kann, soll pilgern. Wenn er es nicht schafft, so kann er trotzdem ein Kind Gottes sein. Wo bleibt die individuelle Freiheit, auf die ich in meiner Lehre so sehr bestehe?

Die Frohe Botschaft

– Sieben Jahre Indien, 40 Tage Wüste, griff Sarah das Thema wieder auf, und was ist nun deine Botschaft für uns Juden aus all deinen Erfahrungen?

Die erste Frohe Botschaft für die Gäste war die Ankündigung der Hauptspeise. Lammkeule im »Römertopf«, stundenlang geschmort im eigenen Saft in unserem Holzkohleofen. Schon in den frühen Morgenstunden wurde der Lehmofen mit Holzstückchen, zuerst kleinen Reisigästen, dann immer größer werdenden Holzscheiten angefeuert. Erst wenn die Temperatur richtig heiß war, wurde zunächst das Fladenbrot darin gebacken. Danach kam der Topf mit der Lammkeule, garniert mit Thymian und Rosmarin, hinein und wurde über viele Stunden sich selbst überlassen. Köstlich. Sarah war nicht nur schön, sondern auch eine hervorragende Köchin. Ich war stolz und auch nach den vielen Jahren immer noch verliebt. Dazu gab es feines Gemüse, schmackhaft gewürzte Linsen, Bohnen, Zwiebeln und Gurken. Und natürlich vollmundigen roten Wein aus Syrien.

Jesu Kehle war vom vielen Erzählen trocken geworden. Er nahm einen großen Schluck Wasser aus dem Becher, brach das Fladenbrot, nahm sich ein Stück Lammfleisch und einen Teller voll Gemüse und aß genüsslich. Auch die anderen beruhigten ihre aufgestauten Hitzköpfe mit den leckeren Speisen. Einige Schlucke Wein später griff Jesus das Gespräch wieder auf.

– Meine Botschaft? Jesus schaute in die Runde.

– »Gott liebt euch, ihr sollt euch auch selbst lieben und ihr sollt auch alle anderen lieben! Liebet euren Nächsten wie euch selbst!«

– Das ist alles? Thomas, der Zweifler, drehte sich enttäuscht um. Deborah, die weniger Schöne, ergriff das Wort:

– Erstens: Wer liebt sich schon selbst? Wenn ich in den Spiegel gucke, sehe ich einen unförmigen, unästhetischen Körper. Und ich sehe ein Gesicht mit Falten und Spuren von Sünden, Lügen, Traumatisierungen und bösen Taten … Zweitens: Wer ist mein Nächster? Meine Familie, meine Freunde, meine Nachbarn, mein Volk?

Jesus unterbrach sie:

– Erstens: Dein Körper ist schön! Er muss nicht perfekt sein! Alles ist schön, wenn man es mit Liebe betrachtet (wurde später vom Christian Morgenstern übernommen. Anmerkung des Verfassers)! Zweitens: Deine Nächsten sind alle Menschen, auch die Römer und die Griechen, auch die Steuereintreiber, die Huren und die Sklaven!

Ein ungläubiges Raunen ging durch den Freundeskreis. Nathan, der Bodenständige, ergriff das Wort.

– Und das willst du draußen in der Öffentlichkeit den Menschen mitteilen? Du verlangst Unmögliches! Kaum jemand akzeptiert und liebt sich selbst und noch weniger ist es den Menschen möglich, auch Unbekannte und Fremde zu lieben …

Jesus unterbrach ihn:

– Und sogar Feinde zu lieben. Das ist die hohe Kunst unseres Lebens. Das ist die Erleuchtung, das Nirwana, das Paradies. Jeder kann es und es ist umsonst!

– Und wenn ein Römer oder ein anderer Feind dich verletzt oder verstümmelt hat, wenn er deine Frau vergewaltigt und deine Kinder getötet hat oder deine Freunde in den Kerker geworfen hat? Judas, der Hitzkopf, überschlug sich fast beim Reden:

– Würdest du ihn dann auch lieben und sagen: »Danke schön – mach weiter! Hier hast du noch meine andere Backe! Bitte schlage auch darauf!« Oder würdest du nicht unendlich wütend sein und nichts anderes im Kopf haben, als diesen Feind zu töten! Rache! Auge um Auge, Zahn um Zahn! So steht es in unseren Gesetzestexten.

Jesus ließ sich nicht beirren:

– Wut und Rache sind ganz natürliche Reaktionen – auch ich würde sicher im ersten Augenblick solche Gedanken haben. Aber wenn diese Gefühle von Rache und Vergeltung dich über Monate und Jahre verfolgen, wenn du dein Leben danach ausrichtest, diese Art von Gerechtigkeit zu erlangen – es kann zu einer Art »Sucht« werden. Du wirst unendlich darunter leiden, deine Gesundheit wird darunter leiden und deine Mitmenschen werden darunter leiden. Das Heilmittel und das Geheimnis ist »Vergebung«. Nicht »vergessen«, das kannst du nicht. Das Geschehene wird immer in deinem Gedächtnis bleiben. Aber »vergeben«, das kannst du. Vielleicht nicht sofort, aber mit der Zeit solltest du dahinkommen. Du musst deinem Feind verzeihen, egal was er dir angetan hat. Das ist ein harter, schwieriger Weg, aber letztendlich ist es die einzige Möglichkeit, unbeschadet und bei guter Gesundheit weiterzuleben. Selbst der Schmerz um den Verlust deiner Lieben – er wird nie völlig verschwinden –, aber er wird erträglicher.

– Und was machen die Soldaten? Sollen sie auch die lieben, die sie töten?, fragte Judas, der Provokateur, weiter.

Aaron ergänzte:

– In den Zehn Geboten steht: »Du sollst nicht töten!« Selbst das ist in der Realität nicht immer umzusetzen. Was machen die Soldaten, die das Kriegshandwerk erlernt haben?

Jesus dachte kurz nach.

– Gott wird nicht jemanden verachten, der sein eigenes Leben verteidigt, auch nicht jemanden, der seine Frau, seine Kinder und seine Freunde verteidigt. Manchmal muss sich auch ein ganzes Volk verteidigen. Soldaten müssen das tun, was ihnen befohlen wird! Aber sie müssen nicht mehr tun, als nötig ist, um den Sieg zu erlangen. Und sie sollen sich mit ihrem Sold zufriedengeben! Gott verurteilt eher das unnötige Töten von Zivilpersonen wie Frauen, Kindern und Greisen. Und auch

Vergewaltigen und Plündern gehören nicht zu einem verant-
wortungsbewussten und ritterlichen Soldatenleben.

Judas, der Aufgebrachte, biss in sein Stück Lammfleisch und
ließ nicht locker:

– Wenn du das draußen erzählst, wirst du ausgelacht. Plündern
und Schänden gehört zum Lohn des Soldaten neben dem lä-
cherlichen Sold. Du wirst Hohn und Spott ernten …

– Oder sie halten dich für einen Umstürzler, einen, der die
Regeln der Gesellschaft infrage stellen und Unruhe verbreiten
will. Sie werden einen Vorwand suchen, um dich zu verhaften,
dich in den Kerker zu werfen oder dich umzubringen!, warf
Aaron, der Strenge, ein.

Nun konnte ich mich nicht länger zurückhalten:

– Ich glaube, Jesus hat recht! Eine neue Zeit ist angebrochen.
Irgendwann müssen auch die alten Regeln und Gesetze infrage gestellt werden. Möglicherweise ist Liebe tatsächlich das
Heilmittel für alle Krankheiten, für den Körper, den Geist
und die Seele, für alle Menschen und alle Völker. Ich glaube
auch, dass du genügend Ausstrahlung und Charisma hast. Du
kannst gut und überzeugend reden und ich kann mir gut vorstellen, dass die Menschen dir zuhören und dass sie dich und
deine Botschaft verstehen werden. Ich glaube auch, dass du
schnell Anhänger und Jünger finden wirst, die dich begleiten
und unterstützen werden.

Thomas, der Kritische, winkte ab.

– Mag ja alles sein! Wenn sie deine Reden hören, werden sie
gebannt zuhören und dir folgen wollen. Aber wenn der Alltag
die Leute zurückhat, wenn die Sorgen, Ängste und Nöte die
Menschen wieder erfassen, ist sehr schnell alles wieder beim
Alten …

– Der »innere Schweinehund« ist oft lauter als die »innere
Stimme«, lachte Jakob, der Sarkastiker.

Judas fügte hinzu:

– Mehr noch: Sie werden deine Worte verdrehen und für ihre eigenen Zwecke nutzen. In deinem Namen werden sie zerstören, schänden und töten!

Jesus war entsetzt:

– Alles, nur das nicht! Natürlich besteht die Gefahr, dass meine Worte falsch verstanden, falsch interpretiert oder falsch aufgeschrieben werden. Aber ich bleibe optimistisch. Die meisten Menschen werden mich verstehen. Sie haben die Möglichkeit, Glückseligkeit zu erlangen. Der Geist meiner Botschaft wird mit Ihnen sein!

– Der »Heilige Geist«?, fragte Jakob ironisch.

Römische Besatzung

– Du gibst es also zu: Manchmal geht es nicht ohne Gewalt und ohne Töten! Judas, der Systemkritiker, erhob sich. Mit diesem Stichwort konnte er endlich die Unterhaltung auf ein Thema lenken, das ihn seit Jahren beschäftigte. Den ganzen Abend hatte er auf diese Gelegenheit gewartet. Jetzt sprudelte es aus ihm heraus:
– Das jüdische Volk leidet mehr und mehr unter der römischen Besatzung. Menschen werden überwacht, beobachtet und bespitzelt. Ein falsches Wort und du landest im Kerker. Politische Gefangene werden schlimmer behandelt als Diebe und Mörder.
– So schlimm sind sie doch nicht, die Römer, entgegnete Nathan, der Kaufmann. Man kann gut mit ihnen Handel treiben und mit etwas Geschick auch kleine Reichtümer anhäufen. Immerhin haben sie Straßen gebaut und eine Handelsflotte installiert. Sie bauen Theater, Arenen, Bäder und Markthallen. Sie organisieren Spiele und Feste. »Brot und Spiele«. Das ist es doch, was das einfache Volk braucht. Außerdem sind sie tolerant mit den untergebenen Völkern. Sie respektieren deren Kultur und Religion. Wir dürfen unsere Tempel benutzen und sie lassen sogar unseren König Herodes an der Macht.
Judas wirft Nathan einen verächtlichen Blick zu:
– Solange Herodes dem römischen Statthalter Pontius Pilatus nach dem Mund redet und er alles tut, was dieser sagt, lassen sie ihn in seinem Prunkschlösschen in Jerusalem gewähren. Herodes interessieren sowieso nur Essen, Trinken, Feiern und Bauchtänze …, spottete Judas, der Aggressive. Nathan dachte eher praktisch:
– Du hast ein wenig persönliche Freiheit, solange du die Gesetze und Regeln der Römer akzeptierst und brav deine Steuern zahlst. Du darfst deine eigenen Götter anbeten, solange du den

Kaiser in Rom als obersten aller Götter anerkennst. Zumindest nach außen hin …

– Natürlich gibt es jede Menge Kollaborateure, die sich mit der Situation engagieren oder sie gar zu ihrem Vorteil ausnutzen, erhob Judas die Stimme und sandte einen weiteren bösen Blick zum Kaufmann. Dann fuhr er fort:

– Aber wehe, du übst Kritik oder wagst es, dich der Macht der Statthalter wie der Willkür dieses korrupten Pontius Pilatus zu widersetzen. Ehe du dichs versiehst, bist du im Kerker verschwunden oder wirst ans Kreuz genagelt.

Judas sah sich vorsichtig um, als fühlte er sich beobachtet, und mit leiser Stimme fuhr er fort:

– Ich verstehe die Zeloten, die Untergrundkämpfer, die versuchen, mit terroristischen Aktionen gegen Militär, Polizei und Verwaltung die römische Vorherrschaft zu schwächen.

– Gewalt war noch nie eine gute Lösung, meldete sich Jesus jetzt wieder.

– Gewalt ist manchmal das beste Mittel zum Zweck. Judas wurde jetzt lauter.

– Meinst du, du kannst mit schönen Worten von Liebe, von Friede, Freude und Eierkuchen die Römer loswerden? Sie knechten uns, also müssen wir uns wehren. Unser Gott, der Gott Abrahams und Salomos, war auch immer ein Kriegsgott gewesen und hat die Heere Israels gegen ihre Feinde unterstützt. Sodom und Gomorrha! Ohne Kampf geht es manchmal nicht.

– Das Volk Israels ist überzeugt, dass in Kürze ein Messias, ein »Gesalbter«, als Befreier zu ihnen kommt und sie aus der Knechtschaft der Römer erlöst, bestätigte Aaron, der Schriftgelehrte.

– Ja, erwiderte Jesus, aber nicht mit dem Schwert! Die Zeit ist gekommen, mit spirituellen Waffen, mit guten Gedanken und Nächstenliebe zu kämpfen. Nur so kann sich der Mensch aus seinem selbst auferlegten Joch befreien. Das ist der wahre Sieg. Der wahre Messias kämpft nicht mit Schwertern, sondern mit Worten. Der Messias der neuen Zeit wird nicht Kämpfer sein, sondern Prediger!

– Das hört sich fast so an, als würdest du dich für den neuen Messias Israels halten. Judas wurde ungehalten: Du bist bei weitem nicht der Einzige, der im Moment in den Landen herumzieht und für seine Sache wirbt. Dutzende von Predigern ziehen umher und scharen naive Schäfchen um sich herum. Sie lassen sich anbeten, lassen sich als Guru feiern, legen alle Weiber flach, lassen sich finanziell unterstützen und versprechen dafür das Blaue vom Himmel. Seelenheil gegen Geld!

Judas ereiferte sich:

– Wenn du etwas für dein Land tun willst, dann schließe dich den Zeloten an. Du kannst gut reden, du kannst die Männer überzeugen und anfeuern. Du wirst als Held in die Geschichte eingehen!

– Wer mit dem Schwert tötet, stirbt durch das Schwert. Jesus ließ über diesen Punkt nicht mit sich reden.

Judas wandte sich ab. Aber seine Augen leuchteten kämpferisch. Eine verbale Schlacht hatte er verloren, aber noch lange nicht den »Krieg«. Er wird Jesus begleiten und weiterkämpfen …

Die Essener

Nach einem weiteren Stück Lammkeule nahm Jesus den roten Faden seiner Erzählung wieder auf und sprach:
– Zurück aus Indien mit einem Kopf voller neuer Ideen musste ich mir erst mal eine Strategie für meine weitere Vorgehensweise ausdenken. In den ersten Wochen nach meiner Rückkehr arbeitete ich mit meinem jüngeren Bruder in der Schreinerei, die er – nachdem ich darauf verzichtet hatte – von unserem Vater Joseph übernommen hatte. In dieser Zeit dachte ich darüber nach, auf welche Weise ich die Erkenntnisse, die ich über Gott und die Welt erfahren hatte, an meine Mitmenschen weitergeben konnte. Zunächst hatte ich auch nicht vor, als Einzelkämpfer durch die Lande zu ziehen. Dafür war ich viel zu lange weg und habe viele frühere Verbindungen verloren. Ich versuchte, einige alte Kameraden wieder zu kontaktieren, die den unterschiedlichsten religiösen Ausrichtungen angehörten. In nächtelangen Diskussionen tauschten wir unsere übereinstimmenden oder auch gegensätzlichen Auffassungen über Gott und die Welt aus. Sie gehörten zu religiösen Gruppen wie Pharisäern, Sadduzäern oder Essenern.
– Waren die Essener nicht dieser strenge Mönchsorden, ein Geheimbund, deren Mitglieder sich an den Ufern des Toten Meeres niedergelassen hatten? Und die nur Männer in ihrem Orden akzeptierten?, fragte Maria Magdalena, die Emanze, provokativ. Jesus lächelte und erklärte:
– Die eine Gruppe der Essener lebt asketisch in einer reinen klösterlichen Männergemeinschaft, während andere Anhänger dieser Sekte wie normale Bürger in Dörfern und Städten leben und auch heiraten dürfen. Was mich in den Diskussionen mit den Essenern am meisten faszinierte, waren viele religiöse Ideen, die ich aus dem Mittleren Orient und Indien kannte.

Entweder waren einige von ihnen genauso reiselustig wie ich oder sie hatten Kontakt zu Reisenden aus fernen Ländern.

– Welche Ideen hast du bei ihnen denn wiedererkannt, die du auf deiner Reise schon woanders gehört hattest?, wollte Aaron, der Tempeldiener, wissen. Jesus dachte nach und antwortete:

– Sie glauben an eine unsterbliche Seele, die den irdischen Körper nur vorübergehend beheimatet. Sie glauben an ein Weiterleben der Seele nach dem körperlichen Tod. Je nach den guten oder bösen Taten des Erdenlebens erwartet sie paradiesische Gefilde oder die Höllenqualen ewiger Verdammnis.

Jesus blickte in die Runde und fuhr fort:

– Vor allem die Männer in der Klostergemeinschaft sind leibfeindlich und weltabgewandt. Sie meiden sinnliche Freuden und praktizieren Enthaltsamkeit und Beherrschung der Leidenschaften.

– Nichts für mich!, erwiderten Jakob und Maria Magdalena fast gleichzeitig. Jesus fuhr fort:

– Sie verachten Reichtum und teilen alle Güter. Das gegebene Wort ist heilig, aber sie schwören nie. Sie hassen Lügen und Diebstahl. Sie widmen sich dem Studium alter Schriften und interessieren sich für das Entstehen und die Behandlung von Krankheiten. Einige von ihnen wirken als Heiler oder Ärzte. Ihren Glauben und ihre Erkenntnisse haben sie auf Schriftrollen verewigt und verstecken sie in den Höhlen von Qumran.

– Hat es dich nie gereizt, dieser Sekte beizutreten?, fragte Aaron etwas provokativ.

Jesus schüttelte den Kopf.

– Ich habe nicht das eine Kloster verlassen, um in ein anderes Kloster einzusteigen. Trotzdem fand ich die Parallelen zu anderen nichtjüdischen Kulturen interessant.

– Hast du nicht bei den Essenern auch Johannes den Täufer kennengelernt?, fragte ich.

Der Täufer

Jesus erinnerte sich:
– Johannes war jahrelang Mitglied dieser Gemeinschaft. Ihn faszinierten unter anderem die dort durchgeführten körperlichen und geistigen Reinigungsrituale. Er hat sie zum eigenständigen Ritus der »Taufe« entwickelt, das Untertauchen des Körpers im heiligen, reinigenden Wasser des Jordans.
– Johannes der Täufer? War das nicht ein entfernter Cousin von dir? Eure Mütter Elisabeth und Maria waren doch weitläufig miteinander verwandt?, fiel meiner Sarah ein.

Nathan ergriff jetzt das Wort und ergänzte:
– Johannes der Täufer! Alle Welt nannte ihn so, weil er predigte, dass das Untertauchen im Jordan eine symbolische Reinigung für alle Sünden und alle negativen Energien in dir sei. Aber er hatte den Mund zu voll genommen, er hat König Herodes beschimpft und seine neue Frau als Hure bezeichnet. Das hat ihm den Kopf gekostet.

Jesus schien etwas geistesabwesend durch die Gruppe hindurchzusehen. Dann gab er zu:
– Ich habe mich auch von ihm taufen lassen. Ich spürte durch dieses Ritual eine große innere Befreiung. Negative Energien, alle meine Zweifel und meine Unsicherheiten wurden vom heiligen Wasser des Jordans wie von mir weggewaschen. Als ich aus den Fluten auftauchte, sah ich eine Taube von einem Baum am Ufer auffliegen. Ich interpretierte das als ein »Zeichen«, vielleicht ein Zeichen Gottes, dass ich auf dem richtigen Weg war.
– Und Johannes? Hat er auch was gespürt?, fragte ich neugierig.

Jesus sah mich etwas geistesabwesend an und bestätigte:
– Auch er spürte eine eigenartige Energie in diesem Augenblick! Er bat mich, nach der Taufzeremonie zu ihm zu kom-

men. Wir setzten uns zusammen, sprachen den ganzen Abend miteinander. Wir waren in den meisten spirituellen Fragen einer Meinung. Wir lagen auf der gleichen Wellenlänge. »Lass uns gemeinsam weiterziehen«, schlug er vor. »Du redest große Worte, besser noch als ich. Ich glaube sogar, dass du der Messias bist, den die Propheten voraussagten und den ich seit Monaten ankündige. Gemeinsam können wir unser Volk befreien und die Welt retten. Wenn ich einmal nicht mehr da sein sollte, mache weiter damit. Du hast eine größere Ausstrahlung, noch mehr Charisma als ich. Und du hast deine Emotionen unter Kontrolle.«

– Leider hatte er selbst nicht immer seine Emotionen unter Kontrolle und das wurde ihm zum Verhängnis. Einige Wochen lang zogen wir zusammen durch die Lande, predigten und tauften viele Menschen. Ich liebte und bewunderte ihn. Er war ein großer Geist, aber ein einfacher Mann. Er ernährte sich von den Früchten der Wüste, aß Heuschrecken und trug nur einen einfachen Lendenschurz aus Kamelhaut. Doch wenn wir mal nicht einer Meinung waren, wurde er wütend, jähzornig, ja manchmal aggressiv und handgreiflich. Mit der Zeit hielt ich dieses Verhalten nicht mehr aus. Es tat mir unendlich leid, aber ich entschloss mich, ihn zu verlassen und meine eigenen Wege zu gehen.

– Und als du von seinem Tod erfuhrst?, fragte ich.

– Ich war geschockt, ich weinte und trauerte lange um ihn. Es tat mir so leid, dass wir im Streit auseinandergegangen waren. Er war ein großartiger Mensch. Ich hatte ihm immer gesagt, dass er sein hitziges Gemüt kontrollieren und sich nicht zu unüberlegten Äußerungen hinreißen lassen sollte. Aber dann hat er König Herodes und seinen Lebenswandel beschimpft und seine neue Frau beleidigt. Das konnte sie sich natürlich nicht gefallen lassen.

– Man sagt, dass Salome, die Tochter seiner Frau, den Kopf

des Täufers als Gegenleistung für einen Bauchtanz verlangte, wusste Maria Magdalena.

– Wenn das so ist, wird Herodes das bereut haben und das wird ihn selbst auf dem Totenbett nicht loslassen …, sinnierte Jesus.

– Und was hältst du von dem Ritual der Taufe?, fragte ich weiter. Für Johannes hatte das Untertauchen im Wasser nicht nur eine tiefe symbolische Bedeutung, sondern stellte auch eine Art »energetische Transformation« dar.

Jesus philosophierte:

– Wasser kann Leben auslöschen und Wasser kann Leben spenden. Das Eintauchen des Körpers ins Wasser ist der symbolische Tod des schmutzigen, sündigen Körpers, gefolgt vom Auftauchen des neuen, gereinigten und befreiten Körpers. Eine symbolische Wiederauferstehung, eine symbolische Befreiung von allen Sünden. Das funktioniert aber nur, wenn die entsprechende geistige Einstellung von Reue und Vergebung damit einhergeht!

– Dass Wasser den Körper reinigt, kann ich mir gut vorstellen, warf Maria Magdalena ein.

– Aber den Geist? Jesus berichtete:

– Rituelle Waschungen kommen in vielen Kulturen und Religionen vor. Nicht nur bei den essenischen Mönchen von Qumran, die seit langem traditionell eine Art Taufe anwenden. In Indien gibt es am Eingang eines jeden Tempels Wasserbecken zur Entfernung des körperlichen und geistigen Schmutzes, bevor man den Göttern unter die Augen tritt. Auch tauchen dort viele Gläubige in die Fluten des Flusses Ganges. Obwohl er durch halbverbrannte oder verwesende Leichen und sonstigen Unrat stark verunreinigt ist, wird keiner der Gläubigen, die in ihm baden, tatsächlich krank. Sein Wasser ist heilig wie auch das Wasser des Jordans.

– Heiliges Wasser?, fragte Aaron erstaunt. Jesus erklärte:

– Wasser ist ein ganz besonderer Stoff. Wasser kann auf irgendeine merkwürdige Art und Weise Informationen speichern. Habt ihr mal Wasser aus verschiedenen Quellen, verschiedenen Flüssen oder Seen miteinander verglichen? Sie unterscheiden sich erheblich – im Geruch, im Geschmack, aber auch im »Geist«. Manche Wässer gehen in Resonanz mit bestimmten Krankheiten und haben Heilkraft. Nicht selten pilgern Gläubige zu »heiligen Quellen«. Und wenn die Information der Krankheit mit der Information des Quellwassers in Resonanz geht, dann soll schon das eine oder andere Wunder geschehen sein.

Thomas, der Wissenschaftler, wurde neugierig und fragte:
– Kann man Wasser nachträglich auch noch verändern oder verbessern?

Jesus antwortete:
– Wasser scheint sich auch durch nachträgliche Einflüsse noch verändern zu können. Durch Mineralien, Metalle, Edelsteine, ätherische Öle, aber auch durch »geistige« Praktiken wie Symbole, Rituale, Segenssprüche und Gebete. Wasser soll auch dann unterschiedliche Wirkungen haben, je nachdem ob man das Gefäß, in dem es sich befindet, mit dem Namen Gottes oder des Satans beschriftet.

– Und was bedeutet das für die Taufe?, will Aaron wissen.
– Eine Taufe sollte immer mit positiv informiertem, also »geweihtem« Wasser durchgeführt werden. Dann reicht auch schon eine Handvoll auf dem Scheitel. Es ist nicht nötig, immer den ganzen Körper unterzutauchen. Schließlich wohnt nicht jeder in der Nähe eines heiligen Flusses …

40 Tage in der Wüste

– Nach dem Tod von Johannes brauchte ich erst mal Abstand von der Welt. Jetzt erst mal Rückzug zu mir selbst. Ich entschloss mich, eine 40-tägige Auszeit zu nehmen. Ich suchte eine Höhle am Rande der Wüste auf, die Johannes mir einmal gezeigt hatte.

– Und was hast du den ganzen Tag gemacht?, fragte Jakob, der Anti-Asket.

– Meditieren und nachdenken ... das hatte ich ja schließlich in Indien gelernt. Jetzt war der Zeitpunkt gekommen, an dem ich mir über meine eigentliche Lebensaufgabe im Klaren werden musste. Was verlangte Gott von mir? Meditieren half mir, meinen Geist zur Ruhe kommen zu lassen. Nachdenken, um einen neuen Plan, eine Vision zu entwerfen. Wie konnte ich meine Botschaft am besten formulieren? Wie verstehen mich meine Mitbürger am besten? Welche Strategien sollte ich entwickeln? Wie sollte ich das umsetzen? Wo brauchte ich Unterstützung?

– Man sagt, Satan habe dich herausgefordert und es habe dich fast das Leben gekostet?, fragte Maria Magdalena und machte eine besorgte Miene.

Jesus machte eine Pause, aß ein Stück Fladenbrot mit Gemüse und schaute in die Runde. Alle starrten ihn gebannt an. Man hätte eine Stecknadel fallen hören.

79 Tage vorher – Monduntergang

Jesu Gedanken schweiften wieder zu jener Nacht der Nächte, die Nacht der Erleuchtung? Während sich die runde Mondscheibe dem steinigen Horizont näherte, wurde es im Osten bereits heller. Ein tiefes Gelb, welches in einem beeindruckenden Farbenspiel langsam in Orange und Rot überging.

Jesus blickte herab in die Tiefe, die im Morgendunst in der Unendlichkeit zu verschwimmen schien. Sollte er es wagen? War er so weit, dass er Gott herausfordern durfte? Nur ein Schritt, ein kleiner Schritt ... Der Blick nach unten machte ihn schwindelig, die Tiefe zog ihn aber auf eine eigenartige Weise an.

– Spring!, befahl eine innere Stimme.

– Spring! Hab Vertrauen! Es wird dir nichts passieren! Gott liebt dich! Engel werden dich auffangen und sicher auf dem Boden absetzen! Spring! Spring!

Woher kam die Stimme? Wer war das? Jesus drehte sich nach allen Seiten um. Natürlich war niemand zu sehen.

– Spring! War es ein kleiner Dämon, der unsichtbar auf seiner Schulter saß und ihm ins Ohr brüllte? Ein umherirrender Gestorbener? Ein schlechter Traum? Oder die hörbare Schwingung der eigenen Überheblichkeit? Vielleicht Satan höchstpersönlich? Jesu Gedanken drehten sich im Kopf wie ein Karussell.

– War ich es, der springen wollte, war es tatsächlich mein Selbst, meine Seele? Wo war mein Wille, mein freier Wille, meine eigene Entscheidung? Todessehnsucht? Wollte die Seele den unvollkommenen Körper verlassen?

– Nein!, schrie es aus ihm heraus. Er trat einen Schritt zurück, kletterte den Felsen hinunter und setzte sich an den Eingang der Höhle. Wenige Augenblicke später legte er sich in den Sand und fiel in einen tiefen, traumlosen Schlaf.

In der Wüste

Bei diesen Gedanken landete Jesus wieder im Hier und Jetzt, in meinem Haus, an der köstlich gedeckten Tafel, umgeben von seinen besten Freunden.

– Aber du bist nicht gesprungen, sonst wärst du jetzt nicht hier?, fragte Thomas, der Zweifler.

– Tiefer Glaube an die eigenen Fähigkeiten und das Eingreifen Gottes einerseits, Angst, Zweifel und Leichtsinn andererseits. Nur ein Schritt zur Antwort! Mut und Leichtsinn liegen oft nur eine Haaresbreite auseinander. War es die Angst vor dem Tod? Das Bedürfnis nach Sicherheit? Nein, aber ich entschied mich gegen das Risiko und für das Leben. Meine Aufgabe war noch nicht erfüllt. Mein rechtzeitig erwachter Verstand hatte gesiegt. Ich trat einen Schritt nach hinten, trat in die Sicherheit des Felsens und schüttelte mich, als ob ich alle Dämonen und selbst den Teufel abschütteln würde. Meine Seele hatte gesiegt, ich hatte auf meine wahre innere Stimme gehört. Ich hatte der Versuchung Satans widerstanden.

– Wie ging es weiter?, interessierte sich Maria Magdalena.

– Von nun an meditierte ich wieder regelmäßig, verspürte weder Hunger noch Durst, weder Hitze noch Kälte, weder Freude noch Angst. Meine Konzentration war wieder auf die existentiellen Fragen des Lebens gerichtet.

– Und gab es Antworten auf deine Fragen? Nathan, der Aufmerksame, stellte seinen Becher auf den Tisch.

– Ich kam mit vielen Fragen und bekam viele Antworten. Das Wichtigste aber sollte sein: Was will Gott von mir? Was ist meine Aufgabe? Jeden Tag wanderte ich von einem Felsen zum anderen und hoffte auf ein Zeichen. Ein brennender Dornenbusch, Tafeln mit Wörtern, eine Stimme im Wind, ein Bild im Sternenhimmel. Aber es gab nichts. Ich hatte das Gefühl, Gott wollte nicht mit mir reden. Erst am Ende dieses Fastenmonats wurde es mir klar. Ich werde Gottes Botschaften nicht draußen finden, nicht im Sand, nicht in den Felsen, nicht im Wind und nicht im Sternenhimmel. Gott ist in mir! Ich muss auf meine eigene innere Stimme hören, meiner Intuition vertrauen!

Eine gute Möglichkeit – für alle Menschen –, mit Gott zu kommunizieren, ist das Gebet. Meist wird es als »Bitte« vorgetragen, um etwas zu erreichen oder von Gott, dem Allmächtigen, zu bekommen. Ein gutes Gebet soll aber auch mit Respekt vor Gott und mit Dankbarkeit für das bisher Bekommene verbunden sein. Tägliche Gebete halten diese subtile spirituelle Verbindung im Alltag aufrecht.

Aaron, der Traditionelle, schreckte hoch.

– Innere Stimme? Nicht »Stimmen« sollen unsere Handlungen lenken, sondern unsere Gesetze. Nicht subjektive Wahrnehmungen sollten unser Handeln bestimmen, sondern die Erfahrung aufgrund der göttlichen Gesetzestexte. Willst du etwa die Thora, unsere Gesetzestexte, unsere Geschichte und unsere Überlieferungen infrage stellen? Ohne sie gäbe es keine jüdische Tradition, kein Zusammengehörigkeitsgefühl, keine Religion, keinen jüdischen Gott, kein Volk!

Jesus blieb hart:

– Meine Botschaft beschränkt sich nicht auf das jüdische Volk! Man muss keine Schriftrollen lesen, jedes Volk hat seine eigenen Geschichten. Meine Botschaft ist allumfassend, jeder kann sie verstehen, jeder kann sie befolgen, jeder kann ein sinnvolles Leben leben, jeder kann glücklich werden … egal auf welcher Stelle der Erde er lebt, egal welchem Herrscher er huldigt, egal welche Kleidung er trägt, welches Essen er genießt, welche Hautfarbe er hat oder welche Sprache er spricht. Allen Menschen soll diese Frohe Botschaft zugänglich sein!

Das Gebet der Gebete

– Hast du in deiner Frohen Botschaft nicht auch ein Gebet für uns, eines, das wir täglich anwenden können, auch wenn wir kein besonderes Anliegen an Gott haben?, fragte Deborah, die Fromme.

– Das eigentliche Gebet findet in unserem Inneren statt, entgegnete Jesus. Es ist weder sichtbar noch hörbar. Aber für die meisten Menschen ist das Gebet mit gesprochenen Wörtern verbunden. Ich habe lange über ein sinnvolles tägliches Gebet nachgedacht und meditiert. Die Ideen sind da, der konkrete Text ist noch in Arbeit …

– Vielleicht kann Deborah dir helfen, sie hat schon jede Menge Texte, Gedichte und sogar Theaterstücke geschrieben!, warf Nathan ein.

Jesus dachte zurück an das indische Kloster und über nächtelange Meditationen, in denen er versuchte einen klaren Text zu finden, eine für Gott und die Menschen akzeptable Anreihung von Sätzen mit tiefer spiritueller Bedeutung. Er dachte laut nach:

– Zunächst habe ich über eine Anrede nachgedacht: »Unser Vater im Himmel«.

– Warum nicht »unsere Mutter«?, protestierte Maria Magdalena, die Feministin. Jesus korrigierte sie.

– Gott ist weder männlich noch weiblich, er hat keinen irdischen Körper. Gott ist Geist, nicht mit Worten zu beschreiben und nicht darzustellen, wir können uns einfach kein Bild machen. Das steht schon in den alten Schriften. Und das unterscheidet unseren Gott von allen anderen Göttern, denen die Menschen Statuen bauen und Namen geben. Andererseits benötigen viele Menschen eine Vorstellung, welches Verhältnis dieser Gott zu ihnen haben soll. Und ich finde, dass das Verhältnis zwischen Vater und Kind hier am besten geeignet ist, wenn wir die »Vaterrolle« in unserer heutigen Gesellschaft betrachten. Ein »idealer« Vater ist streng, aber gütig. Er hat Macht, Autorität und Ansehen. Seine Worte sind Gesetz. Aber er liebt sein Kind über alles. Er will, dass es ihm gut geht und dass es in der großen, fremden Welt zurechtkommt. Er hat ein offenes Ohr für seine Ängste und Sorgen, er zeigt ihm einen Weg, aber er lässt es im richtigen Moment frei, damit es seinen eigenen Weg gehen kann.

– Eine Mutter verkörpert die gleichen Eigenschaften, widersprach Maria Magdalena. Ihr Körper symbolisiert zusätzlich Kreativität und Schöpfungskraft. Wir werden alle aus einem weiblichen Körper geboren! In vielen Kulturen wird als oberste kosmische Instanz die »göttliche Mutter« verehrt! Wir hatten schon darüber gesprochen, dass in den frühen matriarchalischen Gesellschaften die Frau das Familienoberhaupt war und die Vererbung über die weibliche Linie ging.

– Bei uns in der patriarchalischen jüdischen Gesellschaft ist der Vater nun mal das traditionelle Familienoberhaupt und nicht die Mutter!, gab Aaron, der Konservative, diesmal Jesus recht.

– Vielleicht ändert sich das ja mal irgendwann …, widersprach Maria Magdalena, die Hartnäckige.

– Bestimmt nicht in den nächsten 2.000 Jahren!, witzelte Jakob, der Witzbold, und fragte:

– Und wie soll dein Gebet weitergehen?

Jesus dachte nach:

– Jetzt kommt die einem Herrscher zustehende Anrede, der Respekt vor dem göttlichen Namen!

– Zum Beispiel »Dein Name bringe Heil oder sei heilig«, fügte Deborah, die Kreative, hinzu.

Jesus sprach weiter:

– Jetzt muss die göttliche Weltordnung, das »Reich« Gottes akzeptiert, respektiert, ja gewünscht werden! Und dazu gehört, dass ich auch den »Willen« Gottes, seine Autorität akzeptiere.

Und dieser Wille soll nicht nur in den höheren Dimensionen des Himmels gelten, sondern auch auf der Erde, damit ich ihn in meinem Alltag umsetze.

Jakob nickte, schaute noch einmal dankbar und befriedigt über den reich gedeckten Tisch und fuhr fort:

– Danach noch ein Satz über die Dankbarkeit, verbunden mit der Bitte zur Befriedigung unserer Grundbedürfnisse wie Essen und Trinken!

– Jetzt muss aber noch was dazu, damit das Böse abgewehrt wird!, warf Deborah, die Nachdenkliche, ein. Jesus stimmte zu:

– Wie wäre es mit »Befreie uns von Übel, dem Bösen, von bösen und egoistischen Gedanken, Worten und Handlungen!« Und wenn wir dann doch mal Fehler gemacht haben, die Bitte um Vergebung. »Vergib uns unsere Schuld« mit dem Versprechen, dass auch wir unseren Schuldigern vergeben.

– Und zum Abschluss noch ein paar Worte, die Demut und Respekt bezeugen, die wir jedem König und Kaiser bezeugen würden, meldete sich Aaron. Ein Hoch auf das göttliche Reich, die Kraft und die Herrlichkeit!

Meine Frau Sarah ergänzte:

– ... und für alle Ewigkeit!

Jesus beendete das Gespräch:

– Am Schluss eines jeden Gebetes sollten wir noch das schon in den alten Schriften erwähnte »Amen« hinzufügen, was so viel wie eine Bestätigung bedeutet, eine Verankerung, eine Gottesausrichtung des Gesagten. Irgendwie erinnert mich dieses Wort an die Sanskrit-Silbe »Aum« oder »Om«, den Urton des Universums, die Schwingung Gottes.

Deborah applaudierte:

– Das hört sich doch schon ganz gut an. Noch ein bisschen daran feilen und du hast ein tolles Gebet! Ich würde das in einer deiner Predigten mit einfließen lassen. Wenn du mal

viele Menschen um dich versammelt hast und von einer An-
höhe oder einem Berg zu ihnen predigst.
– Und wann sollen diese Gebete ausgeführt werden?, fragte
Aaron und sprach weiter:
– Die Menschen brauchen eine straffe Führung. Je mehr Rituale wie das Beten in den Alltag integriert werden, je mehr
Gewohnheiten die Menschen akzeptieren, desto mehr ist der
Gottesglauben Teil ihres Alltags. Gib beispielsweise vor, dass
sie fünfmal am Tag beten sollen, und zwar möglichst alle zur
gleichen Zeit. Wie du schon sagtest: Gebete in Gruppen sind
viel wirkungsvoller!
– Und wann soll das sein?, entgegnete Thomas.
– Fünfmal am Tag!, schlug Aaron vor. Zum Beispiel bei Son-
nenaufgang, mittags, nachmittags, bei Sonnenuntergang und
nachts.

Thomas blieb kritisch:
– Und wie sollen die Leute daran denken, wenn sie gerade auf
dem Feld, in der Werkstatt, auf dem Markt oder bei anderen
wichtigen alltäglichen Beschäftigungen sind? Sie haben doch
keinen Anzeiger für die Stunden des Tages!
– Jemand muss sie halt daran erinnern! Zum Beispiel ein Tempeldiener, der mit lauter Stimme die Gläubigen aufruft!, emp-
fahl Aaron, der Diener des Tempels.
– Damit ihn alle hören, muss er sich am besten auf einen Felsen stellen, auf eine hohe Palme klettern oder vom Dach des
Tempels laut schreien …, schlug Nathan, der Praktiker, vor
und dachte laut weiter nach:
– Vielleicht werden später ja mal Tempel gebaut mit einem
kleinen Turm daneben. Da kann sich der Vorbeter dann auf
den Balkon stellen …

Deborah spann den Gedanken weiter:
– Man könnte die Gläubigen auch mit Trommeln, einem Gong
oder einer Glocke zum »Gottesdienst« rufen!

Jesus wehrte ab:

– Ich halte nicht viel von starren Ritualen. Die Gläubigen sollen beten, wenn sie den Wunsch haben zu beten, wenn sie die Notwendigkeit verspüren oder wenn sie Trost suchen. Ich würde es nicht an bestimmten Tageszeiten festmachen wollen.

Aaron wandte sich enttäuscht ab.

– Wenn du es nicht jetzt tust, dann wird später ein anderer kommen, der genau das den Leuten predigt und sie werden ihm in Scharen folgen! Vielleicht bist du ein guter Prophet, aber du wirst nicht der letzte sein …

Thomas, der Skeptiker, wandte sich zu Aaron und fragte etwas provokativ:

– Wenn du schon die Zeiten vorgeben willst, vielleicht dann auch noch die Hand- oder Körperhaltung?

Auch hier parierte Aaron, der Geistreiche, geschickt:

Ich würde das gesprochene oder gesungene Gebet mit einem Bewegungsritual verbinden. Hände nach vorne strecken, Arme vor die Brust halten, sich verbeugen, auf die Knie gehen, mit der Stirn den Boden berühren … Einige Bewegungen, welche den Respekt gegenüber Gott darstellen wie die Unterwürfigkeit gegenüber einem König!

Jesus dachte laut nach:

– Das erinnert mich an eine Yoga-Übung. Beim »Sonnengruß« aus dem Hatha-Yoga werden zunächst die Arme nach oben ausgestreckt, dann folgt die Rumpfbeugung nach vorne, das Strecken eines Beines nach hinten, dann im Liegen eine extreme Streckung des Rückens nach hinten und dann in umgekehrter Reihenfolge alles zurück bis zum Stehen. Das Ganze wird von Atemübungen begleitet. In der Tat stärkt diese Übung den Körper und beruhigt den Geist!

– Das wäre doch was für meinen alten Rücken und die krachenden Gelenke, Gymnastik und Gottesdienst in einem. Und den Segen des Allerhöchsten gleich mit dazu! Fände ich nicht schlecht!, meldete sich Jakob, der Ungelenkige.

Jesus blieb dabei:

– Jeder soll dann beten, wenn er das Bedürfnis dafür verspürt und mir ist es gleich, ob das im Stehen, im Sitzen, im Liegen oder mit einer Bewegung durchgeführt wird. Natürlich kann man die Konzentration auf das Gebet unterstützen, durch eine Art »Zentrierung« in Form von Handmodi. Die energetische Wirkung bestimmter Handstellungen sind in Indien unter dem Namen »Mudras« bekannt. Für das Gebet bevorzuge ich die sehr energetischen Mudras wie das Falten der Hände oder das Aufeinanderlegen der Handflächen.

Der Sinn des Bösen

Nathan, der Nachdenkliche, sinnierte:
– Manche Mitmenschen entscheiden sich ununterbrochen
»falsch«! Gegen die Gesetze, gegen die Liebe, gegen die
Menschlichkeit. Sie bringen Tod und Verderben über die Gesellschaft. Sie verkörpern das Böse, als wenn sie vom Teufel
geritten wären. Warum lässt Gott das zu? Wenn er wirklich
allmächtig wäre, würde er das Böse verbannen, den Teufel in
die Knie zwingen, damit sich seine liebevolle Gerechtigkeit auf
der Erde entfalten kann.

Jesus dachte einen Moment nach, als wenn er nach den richtigen Worten suchte:
– Gut und Böse sind menschliche Begriffe. Sie fällen ein Urteil
über menschliche Verhaltensweisen und sind immer beeinflusst
von unserer anerzogenen Vorstellung von Gerechtigkeit. Was
in der einen Gesellschaft für »böse« gehalten wird, kann in
einer anderen Gesellschaft oder zu einer anderen Zeit für »gut«
befunden werden.

Jesu Augen leuchteten und er sprach:
– Alle unsere Gedanken, unsere Entscheidungen, unsere »guten« oder »bösen« Handlungen lösen im Universum Resonan-
zen aus. Schwingungen, die früher oder später wieder zu uns
zurückkommen! Nicht unbedingt von der Stelle, von der wir
es erwarten! Das ist es, was die alten Inder »Karma« nennen.
Die Zusammenfassung unserer »guten« und »schlechten« Taten
und die unweigerliche Konsequenz hieraus für unser Leben
und darüber hinaus …
– Gibt es den Teufel?, fragte Deborah, die Ängstliche, mit
scheuem Blick. Jesus lächelte sie an wie ein kleines Kind.
– Es gibt ihn! Nicht mit Hörnern, Ziegenfüßen und Pferde-
schwanz wie die Satyrn der römischen Mythologie! Es ist eine

feine Schwingung, eine leise, aber hörbare Stimme, die uns vom rechten, uns vorbestimmten Weg abbringen will.

– Unsere Dämonen!, warf Judas ein.

Jesus bestätigte:

– Dämonen sind negative Schwingungen. Sie können in manchen Menschen so stark sein, dass sie Körper und Geist beherrschen. Dann sind wir nicht mehr wir selbst. Hier haben wir keinen freien Willen mehr. Wir sind »fremdbestimmt«, wir haben für uns unerklärliche Gedanken und ungewöhnliche körperliche Reaktionen. Dazu gehört auch die Sucht! Wir wissen, dass wir etwas Falsches tun, können uns aber nicht mehr bewusst kontrollieren.

Ich holte tief Luft und sprach:

– Wir müssen uns unseren Dämonen stellen. Wir können nicht weglaufen. Manche schaffen es aus eigener Kraft – mit tiefem Glauben, Gottvertrauen und starkem Willen. Aber viele andere brauchen Hilfe von außen!

Ich blickte in die Runde.

– Manchen Menschen hilft ein Gespräch, die Bewusstwerdung der Ursache der Dämonen, andere benötigen Medikamente oder Drogen …

– Oder Exorzismus!, warf Aaron ein.

– Darüber haben wir schon gesprochen. Auch Gebete und Rituale können helfen!, bestätigte ich.

Himmlische Helfer

– Neben den schlechten Schwingungen, die uns beherrschen können, gibt es aber auch gute Schwingungen, gute Geister, die uns helfend und beratend zur Seite stehen. Der verlängerte Arm Gottes sozusagen.

Maria Magdalena, die Nachdenkliche, schien ins Leere zu blicken und redete, als wenn sie zu sich selbst sprechen würde.

– Es gibt Menschen, die können sie sehen und spüren, die Naturgeister, die Elfen und Feen, aber auch höhere, geistige Wesenheiten wie Engel. Auch die Seelen von Verstorbenen, lieben Menschen, die von uns gegangen sind, oder auch Heilige, die in den höheren Sphären weiterleben und den Sterblichen helfen.

Jesus widersprach nicht und ergänzte:

– Manche Menschen beten lieber zu Engeln und Heiligen als direkt zu Gott. Sie können ihnen eine Gestalt, ein Bildnis geben. Das ist für viele Gläubige einfacher. Sie trauen sich oft nicht, mit ihrem Anliegen direkt den Allerhöchsten anzusprechen und wenden sich lieber an eine »Zwischenperson«.

Aaron sinnierte:

– Unsere Tradition kennt eine ganze Hierarchie von Engelwesen, die sich in verschiedenen Dimensionen aufhalten. Viele von ihnen haben sogar Namen wie die Erzengel Gabriel, Michael usw. und jeder hat seinen unterschiedlichen Aufgabenbereich.

– Neben diesen »großen« Engelwesen (»Engel« ist das griechische Wort für »Bote«, Anm. des Verfassers) hat auch jeder Mensch seine persönlichen Helfer, ergänzte Jesus. Dazu gehören die »Schutzengel«, die uns auch ungefragt vor Gefahren schützen. Jeder hat schon die Erfahrung gemacht, dass er nur knapp einer gefährlichen Situation entkam. Und wir hatten den Eindruck, dass es nicht unsere eigene bewusste Handlung war, sondern dass die rettenden Umstände von irgendwoher gesteuert wurden.

Jesus fuhr fort:

– Aber es scheint noch mehr »Helfer« zu geben. Im Ashram war eines Tages ein besonderer Mensch zu Gast. Ein Schamane aus dem Altai, eine weitere schneebedeckte Gebirgskette in Zentralasien. Er heilte viele Menschen durch Gebete und Rituale. Er sprach davon, dass es neben den immer präsenten »Schutzengeln« auch mehrere andere persönliche Helfer in unserem Energiefeld gäbe. Diese treten aber nur in Aktion, wenn sie gefragt werden und wenn man sich anschließend aufrichtig bei ihnen bedankt. Nach der Auffassung des Schamanen können sie in unterschiedlichen Formen in Erscheinung treten: als »Familienhelfer«, »spirituelle Helfer«, »Lichtwesen«, »Totem-Tiere«, »Geister des Ortes oder einer Quelle«. In vielen Fällen soll es sich um den Geist eines verstorbenen Ahnen handeln. Durch schamanistische Praktiken kann man sogar den »Namen« dieses Helfers herausfinden, damit man ihn bei Bedarf direkt ansprechen kann.

Aaron äußerte sich skeptisch:

– Ich bleibe lieber bei unseren traditionellen Heiligen und bekannten Erzengeln. Und ich könnte mir vorstellen, dass eines Tages einer dieser Engel einem neuen Propheten die Worte Gottes diktiert.

– Um wieder eine neue Religion zu schaffen, fuhr Jakob dazwischen, damit die Menschen einen neuen Grund für Auseinandersetzungen und Kriege haben!

– Das ist aber nicht die Schuld der Engel und der anderen hilfreichen Geister!, erregte sich Maria Magdalena. Jesus sprach wieder.

– Für viele Menschen sind solche »Hilfswesen« eine notwendige Brücke auf dem Weg zum Allerhöchsten. Aber vergesst nicht: Gott ist allgegenwärtig. Gott ist auch in uns. Wir sind Gottes

Kinder. Wir sind ein Teil Gottes. Und dieser Teil von uns ist immer ansprechbar, für alle unsere Probleme.

Jesus Christ – Superstar

– Deine Ausführungen sind superinteressant und ich glaube, alle von uns können deine theoretischen und teilweise abstrakten Gedanken nachvollziehen, gab Thomas zu bedenken.

– Wir haben alle eine intellektuelle Bildung genossen. Aber das einfache Volk wird deine Ausführungen nicht verstehen. Viele sind Analphabeten. Du musst deine Sprache dem Volk anpassen, wenn du Erfolg haben willst. Überlege dir Beispiele, Parabeln und Gleichnisse. Damit können die Menschen mehr anfangen. Ein Bild sagt mehr als tausend Worte.

– Und gib ihnen strenge, nachvollziehbare Regeln, warf Aaron ein und erntete ein dezentes Kopfschütteln der anderen.

– Der Inhalt deiner Mission ist das eine, die Form deines Auftretens das andere. Nur wenn auch deine äußere Erscheinung die Leute in ihren Bann zieht, kommt der Inhalt einigermaßen rüber, warf Judas ein. Überzeuge sie davon, dass du der Überbringer der Botschaft Gottes, dass du der Messias bist! Und das beginnt bei Aussehen und Kleidung!

– Äußerlich bist du ein gutaussehender, attraktiver Mann mit deinem männlich-schönen Gesicht, den wallenden Haaren und deinem athletischen Körper – ein Schwarm der jungen Mädchen!, meldete sich Maria Magdalena, die Schwärmende, mit einem Lächeln und fuhr fort:

– Dazu immer frisch gewaschen, nach ätherischen Ölen duftend, mit kurz rasiertem Vollbart und einer immer eleganten und sauberen Tunika.

Ich sinnierte: Bei sich mochte sie gedacht haben: Ganz das Gegenteil von dem halbnackten, unsauberen Hippie-Typ von Johannes dem Täufer.

Maria Magdalena schwärmte weiter:

– Du hast eine dunkle, männliche Stimme mit Überzeugungskraft, du hast Ausstrahlung, Präsenz und Charisma.

Thomas ergänzte:

– Wenn du jetzt noch ein paar Kranke heilst und ein paar Tricks aus deinem in Indien gelernten Yogi-Fakir-Repertoire anwendest … Du wirst berühmt als der Mann der Gleichnisse und Wunder, deiner Karriere als Supermann der Nation, als der vorhergesagte Messias des jüdischen Volkes, steht dann nichts mehr im Wege. Und deine Mission wird ein voller Erfolg!

Nathan, der Kaufmann, sprach leise, aber für gute Ohren hörbar:

– Auch ein Mensch muss sich verkaufen können, wie eine Ware auf dem Markt, ich würde das »Marketing« nennen … Dann sprach er laut weiter:

– Vielleicht solltest du auch ein paar Werbetricks anwenden, die wir schon lange erfolgreich in der Wirtschaft anwenden. Deine Person und dein Name sollten mit einem eindeutigen »Logo« in Verbindung gebracht werden. Ein Logo ist eine Art Symbol mit Wiedererkennungscharakter. Wenn die Menschen dieses Symbol irgendwo sehen, sollten sie sofort die Assoziation mit deiner Person haben.

Nachdenkliches Schweigen.

Thomas meldete sich:

– Wie wäre es mit einem Kreis mit Punkt, ein altes Sonnensymbol, das Licht der Welt? Oder einem Quadrat, für die vier Elemente und die vier Himmelsrichtungen, oder einem fünfzackigen Stern für …

– Oder einem Kreuz?, unterbrach ihn Deborah, die Nachdenkliche.

– Ein Kreuz? Alle drehten sich zu ihr herum.

Deborah fuhr fort:

– Kreuze sind uralte, bereits von unseren Vorfahren geprägte, spirituelle Symbole. Man findet sie schon auf uralten Felszeichnungen. Der vertikale Strich symbolisiert die Verbindung zwischen Gott und Mensch und der horizontale Strich die Verbindung der Menschen untereinander.

Thomas ergänzte:

– Die alten Ägypter kannten das »Anch«, eine Abwandlung des primitiven gleichschenkligen Kreuzes. Hier ist der senkrechte Strich nach unten verlängert und der Strich oberhalb der Mitte ist ein Kreis oder ein Oval. Dieses »Henkelkreuz«, oder auch »Lebensschleife« genannt, symbolisiert das Weiterleben im Jenseits und als Hieroglyphe steht es für das »irdische Leben«. Das würde doch auch zur Person von Jesus passen.

Judas überlegte:

– Eine ägyptische Hieroglyphe für den jüdischen Messias! Das geht gar nicht! Man müsste es halt etwas abwandeln!

– Statt dem Kreis oben ein einfacher Strich. Von weitem sähe es aus wie ein stehender Mensch mit aufgerichtetem Haupt und geschlossenen Beinen, die Arme zu beiden Seiten ausgestreckt. Ein schönes Symbol für unseren Jesus, schlug Maria Magdalena vor.

– Das passt gar nicht, widersprach Jakob. Das sieht ja dann aus wie das Holzkreuz, an das die Römer ihre Verbrecher nageln!

Eine Gänsehaut lief mir bei dem Gedanken schon über den Rücken.

– Wie wäre es mit einem Fisch?, schlug Deborah, die Einfallsreiche, vor.

– Ein Fisch? Alle starrten Deborah ungläubig an.

Deborah fuhr fort:

– Für Eingeweihte könnte es ein Geheimzeichen sein. Ihr versteht doch alle Griechisch. In Griechisch heißt Fisch »ICHTHYS«. Jeder Buchstabe dieses Wortes steht für die Anfangsbuchstaben eines anderen Wortes und bekommt dadurch eine neue Bedeutung. »I« für Iesous, »Ch« für Christos, den Messias,

»Th« für Theau (Gott), »Y« für Yios (Sohn) und »S« für Soter (Erlöser).

– Das ist jetzt aber ein wenig weit hergeholt! Das kann sich doch keiner merken, antwortete Thomas.

– Merkt ihr nicht, wie ihr euch in unwichtigen Äußerlichkeiten verliert?, meldete sich jetzt Jesus wieder.

– Ich brauche kein Logo und kein Symbol. Ich halte überhaupt nichts von diesem Personenkult. Ich weiß nicht mal, ob ich derjenige sein soll, den die Propheten seit Jahrhunderten als den zukünftigen König, den »Gesalbten« (hebräisch »Messias«, altgriechisch »Christos«, lateinisiert »Christus«), angekündigt haben.

Aaron, der Traditionelle, griff die Bedenken auf:

– Abgesehen von deinen revolutionären Ideen! Man wird dich nur dann als Messias anerkennen, wenn du die Prophezeiungen der alten Schriften erfüllst. Unter anderem wird ein Mann aus dem Geschlecht und der Stadt Davids, das heißt aus Bethlehem, angekündigt. Und du kommst aus Nazareth!

– Jesus ist doch in Bethlehem geboren, Maria Magdalena stand auf.

– Kennst du nicht die Geschichte, die über Jesu Geburt erzählt wird? Die hochschwangere Maria musste kurz vor der Niederkunft mit ihrem Mann Josef in dessen Geburtsstadt Bethlehem reisen – wegen der Volkszählung, die vom damaligen Kaiser Augustus angeordnet wurde.

– Und Josef soll auch ein Nachkomme König Davids sein!, ergänzte Thomas.

– Das behaupten die meisten Juden von sich!, lachte Jakob.

– Und was die anderen Prophezeiungen betrifft, sinnierte Thomas, sie können ja noch eintreffen! Oder sie werden in dein Leben noch nachträglich hineininterpretiert. Das passiert nicht selten, wenn es keine Zeitzeugen mehr gibt und alle Geschichten nur mündlich weitergetragen werden. Der Glaube korrigiert oft unbewusst die Realität!

Glaube

– Der Glaube ist das Wichtigste!, unterbrach Jesus ihn und sprach:

– Ich weiß, dass zu jedem Auftritt auch ein wenig »Show« gehört. Mir geht es aber in erster Linie um den Inhalt, um die Botschaft meiner Mission. Menschen, die einen festen Glauben haben, sind glücklicher und freier. Sie sind optimistischer und hoffnungsvoller. Sie werden befreit – geistig, seelisch und körperlich. Mit Glauben lassen sich Krankheiten beeinflussen. Die körperliche Heilung ist sozusagen ein angenehmer »Nebeneffekt« der seelisch-geistigen Genesung.

Jesus sprach weiter:

– Bin ich deswegen ein »Wunderheiler«? Es gibt genügend Menschen, die scheinbar übernatürliche Dinge vollbringen. Das ist eher ein Nebeneffekt tiefer Meditationen auf dem Weg zur Erleuchtung. Aber »Wundertaten« sollten eine Ausnahme bleiben und nicht zum »Markenzeichen« werden.

– Wie ich die Menschen kenne, widersprach Jakob, werden sie erst mal die unheilbar Kranken ankarren. Und wenn du genügend Wunder vollbracht hast, hören sie vielleicht auch noch zu, was du zu sagen hast. Und dann glauben sie dir!

Jesus wurde lauter:

– Der Glaube ist das, was ihnen hilft!

– Der Zukunft gehört das Wissen, nicht der Glaube!, widersprach Thomas.

– Das Zeitalter der Wissenschaft ist bereits angebrochen. Wissenschaftliche Erkenntnisse müssen zum allgemeinen Wissensgut werden. Auch dann, wenn sie unseren heiligen Schriften und traditionellen Vorstellungen widersprechen. In der Schöpfungsgeschichte wird die Erde als flach beschrieben. Das altägyptische Weltbild! Vor wenigen hundert Jahren hat der griechische Mathematiker Eratosthenes die Schattenlänge eines Stabes an unterschiedlichen Orten gemessen und berechnet, dass wir auf einer riesigen Kugel mit einem Umfang von 40.000 Kilometern leben (»Meter« als Einheit wurde erst viel später definiert, aber die Messung war schon außergewöhnlich genau – Anmerkung des Verfassers).

– Das wurde aber nicht von allen anerkannt, fügte Aaron, der Priester, hinzu.

– Das ist es ja gerade!, ereiferte sich Thomas, der Kritische.

– Alles Ignoranten! Vor dem Offensichtlichen wird der Kopf in den Sand gesteckt! Und die allergrößten Ignoranten sind die Politiker und die Priester. Sie werden selbst dann noch nicht überzeugt sein, wenn ein mutiger Seefahrer geradeaus nach Westen segelt und nach einer Erdumrundung die Ostküste von Indien erreicht. Der Glaube sollte erst da einsetzen, wenn die Wissenschaft an die Grenzen ihrer Erkenntnisfähigkeit stößt. Und diese Grenzen werden mit dem Siegeszug der Wissenschaft immer weiter nach vorne geschoben.

Sein Gegenspieler Aaron ereiferte sich:

– Und irgendwann meinen die Menschen, die wissenschaftlichen Gesetze könnten die ganze Welt erklären und der Gott unserer Väter hat gar keinen Platz mehr. Blasphemie! Wir werden auch in der Zukunft am Glauben festhalten, dass der allmächtige Gott tatsächlich existiert.

Jetzt unterbrach Jesus die Streitenden.

– Ihr verwechselt »glauben, dass …« und »glauben an …«. »Glauben, dass …« beschäftigt sich mit Tatsachen, die zum gegebenen Zeitpunkt nicht mit Sicherheit beobachtet oder bewiesen werden können. Zum Beispiel: Ich glaube, dass die Erde eine Kugel ist, dass das Weltall unendlich ist, dass Gott existiert … Letztendlich sind es nur menschliche Gedanken, die philosophisch interessant sind, aber keinen Einfluss auf unser Alltagsleben haben.

– Intellektuelle Masturbation!, lachte Jakob und Deborah errötete leicht.

– »Glauben an …«, fuhr Jesus fort, bedeutet »sich verlassen auf …«

– Wenn ich an Liebe und Vergebung glaube, dann ändert sich mein ganzes Leben, wenn ich an Gott glaube, dann beeinflusst das mein Denken und Handeln, dann verlasse ich mich auf Gott, dann lege ich mein Leben in seine Hände. Menschen, die an etwas oder an jemanden glauben, leben intensiver, zielgerichteter und glücklicher. Sie fragen nicht mehr nach dem Sinn. Ein Gläubiger hat nicht mehr oder weniger »Wissen« als ein Ungläubiger. Aber eine Lebensphilosophie, die sein Denken und Handeln begleitet, gibt seinem Leben einen Sinn. »Glaube« ist nicht Wissen, »Glaube« ist eine »Arbeitshypothese« zur Realisierung eines erfüllten Lebens.

Maria Magdalena erhob sich.

– Jesus, ich glaube an dich!

Zukunft

Mittlerweile hatte Sarah den Nachtisch auf den Tisch gestellt. Teller voller frischer Feigen, Datteln, Melonenscheiben und selbstgemachten Sesamkuchen mit Feigen. Eigentlich waren wir alle schon satt. Aber ein kleiner Platz schien im Magen zu bleiben. Aaron schob sich ein Stück Sesamkuchen in den Mund und wandte sich kauend an Jesus:

– Wie stellst du dir eigentlich die Zukunft vor? Was willst du nach deiner Mission machen? Wie soll es mit deiner Botschaft weitergehen?

Ich glaubte bei Maria Magdalena ein Leuchten in den Augen zu bemerken. Hoffte sie immer noch, Jesus würde eines Tages nach seinen politischen Aufgaben ein treuer Ehemann und liebevoller Familienvater werden?

– Du wirst viele Anhänger haben, die deine Ideen toll finden und dir folgen werden, beantwortete Thomas, der Ahnungsvolle, die Frage. Aber du wirst dir auch viele Feinde machen und ich bin mir nicht sicher, ob du deine Mission überleben wirst!

– Ich bin fest davon überzeugt, dass viele meinen Ideen folgen werden, fuhr Jesus fort.

– Einige von ihnen, die bereit sind für diese Ideen Haus und Hof zu verlassen, werde ich als meine Jünger annehmen, sie werden meine Schüler werden. Ich werde sie in die Geheimnisse der Meditation einweihen und sie in den Fähigkeiten von Rede und Überzeugungskraft schulen, damit sie – wenn nötig, selbst nach meinem Tod – die Lehre weiterverbreiten können.

Habe ich da eine Vorahnung herausgehört?

Jesu Redeschwall ließ sich nicht bremsen:

– Sie werden beseelt sein vom Geist der Liebe, sie werden den Geist Gottes wie eine positive Schwingung, ein inneres Feuer spüren. Sie werden es den »Heiligen Geist« nennen. Sie werden die wichtigsten Aussagen meiner Lehre auswendig kennen, sie unverändert weitergeben können und sie als Frohe Botschaft in die Welt hinaustragen.

– Und dann werden sie von den dummen Völkern, die nichts davon kapieren oder denen das zu gefährlich vorkommt, erschlagen oder aufgehängt, erhob Judas, der Ängstliche, sarkastisch die Stimme. Willst du wirklich eine Gruppe von Märtyrern in die Welt rufen?

– Willst du deine Lehre nicht lieber aufschreiben? Du hast doch Schreiben in der Tempelschule gelernt, schlug Nathan, der Schriftenkenner, vor. Du weißt ja, wie das ist. Deine direkten Jünger werden noch sehr authentisch deine Worte rezitieren können. Aber ein paar Generationen später tauchen andere Wörter auf, der Sinn wird schnell verdreht und das lässt zu viel Spielraum für unterschiedliche Auslegungen und Interpretationen.

– Kaum wurde ein neues Gesetz verabschiedet, bestätigte Aaron, der Schriftgelehrte, kommen jede Menge Kommentatoren dazu und streiten sich um die richtige Auslegung.

Thomas lachte.

– Irgendwann wird es hunderte von Pergamentrollen über dein Leben und deine Lehre geben. Deine Nachfolger werden sich in die Haare kriegen, es werden Konsile einberufen. Dann wird darüber diskutiert und darüber abgestimmt, welche dieser Pergamentrollen nun tatsächlich die Wahrheit enthalten und sie werden in einem neuen Buch als »dein neues Testament« zusammengefasst. Und die Pergamentrollen, die den Herren dann nicht passen, verschwinden auf Nimmerwiedersehen!

Jesus wollte etwas sagen, aber Nathan fiel ihm ins Wort und sprach mit prophetischem Blick:

– Am Anfang wird man deine Anhänger als Revoluzzer verfolgen und viele werden so fanatisch, dass sie lieber den Märtyrertod sterben als von deiner Lehre abzuschwören. Irgendwann werden aber sogar Kaiser und Könige deine neue Lehre annehmen und die neue Religion in ihrem Reich zunächst tolerieren und später verpflichtend machen.

– Das widerspricht dem Geist der Toleranz, regte sich Jesus jetzt sichtbar auf. Meine Botschaft ist ein Angebot Gottes an die Menschen. Aber sie behalten ihren freien Willen und sollen ihr Herz entscheiden lassen. Durch Zwang erreicht man kein spirituelles Leben.

– Schöne Worte!, warf Thomas, der Voraussehende, ein. Guck dir die Geschichte an! Sobald deine Lehre zur Staatsreligion erhoben wird, werden aus den Verfolgten ihrerseits Verfolger. Sie werden die heidnischen Tempel zerstören und jeden umbringen, der ihnen nicht folgen will. Man wird eine neue Kirche gründen … Thomas lässt Jesus nicht zu Wort kommen und steigert sich hinein in seine apokalyptischen Visionen.

– Man wird Symbole für dich finden und diese auf Fahnen, Schilde und Schwerter malen. Man wird in deinem Namen Völker unterdrücken und Kriege gegen die sogenannten »Ungläubigen« führen. Andersdenkende und Anhänger der alten Religionen und des alten Wissens wird man als Hexen oder Hexer foltern und töten, verbrennen und ertränken. Die herrschende Schicht wird aus deinen Worten Gesetze formulieren und diese nicht mit Liebe, sondern mit Begierde, Selbstsucht und Machtverlangen auslegen. Einige werden sich als deinen Nachfolger deklarieren, Armut predigen und riesige Schätze anhäufen. Viele werden Heuchler sein und die Gesetze, die sie dem Volk auferlegen und es damit unterdrücken und fügig machen, selbst nicht beachten. Sie werden den Menschen Angst einjagen, sie werden die Strafe Gottes als Erklärung allen Unheils darstellen und ihnen in feurigen Farben die Qualen der Hölle einreden.

Nathan stimmte zu:

– Ein Volk, das Angst hat, lässt sich leichter regieren und akzeptiert alle Entscheidungen der Herrscher. Und wenn die Angst erst groß genug ist, bittet es letztendlich darum, eingesperrt zu werden. Einige machen sogar mehr als das, was verlangt wird, allein aus einem kranken Sicherheitsbedürfnis!

– Wenn du das erfährst, wirst du dich im Grabe rumdrehen, grinste Jakob und fügte leise, fast schon prophetisch, hinzu: Wenn du dann noch drinliegst.

Bevor sich die ganze Gesellschaft in pessimistisch-apokalyptische Vorstellungen hineinsteigerte, unterbrach ich die Unterhaltung:

– Nun seid doch nicht so pessimistisch! Vielleicht wird ja alles ganz anders. Die Lehre wird akzeptiert, zunächst von wenigen Jüngern. Sie gehen in die Welt hinaus, nehmen die Frohe Botschaft Gottes an. Irgendwann wird sie tatsächlich zur Staatsreligion erklärt und alle Menschen leben in einem Gottesreich auf Erden in Glück, Toleranz und Liebe.

– Aber nicht in den nächsten 2.000 Jahren!, unterbrach mich Jakob, der selbsterklärte Menschenkenner. Wie ich die Menschen kenne, wäre ich nicht so zuversichtlich. Aber es wird auch gute Menschen geben. Menschen, die ihre Güter an die Armen verteilen, die die Vorgaben der Nächstenliebe vorleben, die heilen können, zuhören und Trost spenden. Aber diese werden eher im Hintergrund agieren und nur selten die eher grausame Politik beeinflussen können.

– Ich könnte mir aber vorstellen, warf Maria Magdalena, die Optimistische, ein, dass auch die Politik in einigen tausend Jahren, nachdem sie über viele Irrtümer nachgedacht hat, humanitären Ideen folgt: Vielleicht werden irgendwann Sklaverei, Folter und Todesstrafe abgeschafft. Vielleicht wird Strafe durch Resozialisierung ersetzt. Vielleicht setzen die Staatsmänner eher auf Diplomatie als auf Kriege. Das wären die ersten vorsichtigen Schritte zu einem Himmelreich auf Erden.

Jesus hatte die ganze Zeit zugehört.

– Nur Gott kennt die Zukunft. Selten sind Wege ohne Kurven, Umwege und Rückschläge. Das soll uns aber nicht daran hindern, mutig für unsere Überzeugung einzustehen. Ich fühle, dass Gott mir eine Aufgabe gegeben hat und ich werde sie erfüllen. Ich agiere im Hier und Jetzt und mache mir über die Zukunft keine Gedanken.

Das Testament

Es war schon spät geworden. Allen rauchte der Kopf. So viele Gedanken – alte und neue. Nicht nur das hervorragende Essen, auch die komplexen Zusammenhänge von Jesu Lehre mussten erst mal verdaut werden. Zum Verdauen wurden frischer Minztee serviert und aromatische Fenchelkörner.

Jakob schob sich eine Handvoll Fenchelkörner in den Mund und stellte sich naiv.

– Nun noch mal für die einfachen Leute: Fasse deine Lehre mal in wenigen Sätzen zusammen.

Auch Jesus wirkte mittlerweile erschöpft, goss sich einen Becher Kräutertee ein, schaute in die Runde und sprach:

– Erstens: Es gibt einen allmächtigen Gott. Wir können ihn mit unserem Verstand nicht erfassen und jedes Bildnis wäre falsch und unvollständig. Der strenge und strafende Gott der Juden wird jetzt zu einem liebenden und gütigen Gott für die gesamte Menschheit. Er hat das gesamte Universum geschaffen, die Struktur, die in ihm geltenden Gesetze und die Ausrichtung seiner Entwicklung. Er hat Seelen geschaffen und als die am weitesten entwickelte die des Menschen. In einen tierischen Körper setzte er einen göttlichen Geist mit den göttlichen Eigenschaften wie Wille und Macht, Liebe und Weisheit und kreative Intelligenz, sozusagen ein Abbild seiner selbst.

– Zweitens: Er gab dem Menschen Verstand, Emotionen und Intuition. Jeder Mensch ist ein Kind dieses Gottes. Wie ein gütiger Vater beobachtet er die Entwicklung seiner Zöglinge, greift aber nur selten direkt ein. Er gibt jedem seiner Kinder die Möglichkeit, direkt mit ihm zu kommunizieren. Jede Kultur hat hier ihre eigenen Techniken entwickelt: Gebete, Rituale, Meditationen, Träume ... Gott liebt seine Kinder. Ein gottgläubiger Mensch wird nie das Gefühl haben, allein zu sein.

Selbst wenn alle anderen Menschen ihn verlassen, so hat er die Gewissheit, dass Gott für ihn da ist, ihn liebt und das Richtige für ihn entscheidet. Auch wenn das für unseren kleinen Verstand nicht immer offensichtlich ist.

– Drittens: Lebt so wie die Kinder! Lebt im Hier und Jetzt! Vergangenheit und Zukunft sind nicht real, sondern Erfindungen eures Geistes. Freut euch nostalgisch über die positiven Ereignisse der Vergangenheit, klammert euch aber nicht an die negativen Erlebnisse. Nutzt sie, um daraus zu lernen. Erkennt ihr einen »roten Faden« in eurem Leben? Das hilft euch für das Leben im Hier und Jetzt und für die Gestaltung der Zukunft. Auch die Zukunft ist nur ein Hirngespinst. Die meisten vorgestellten Ereignisse treffen nicht ein oder entwickeln sich ganz anders als vermutet. Gottgläubige Menschen kennen keine Angst und keine Sorge. Sie sind zuversichtlich, hoffnungsvoll und optimistisch!

– Drittens: Gott gibt den Menschen einen freien Willen. Bei den wichtigen Entscheidungen seines Lebens soll er seine göttlichen Fähigkeiten einsetzen: Verstand, Herzgefühl und Emotionen, vor allem aber seine Intuition. Er soll auf seine göttliche innere Stimme hören und sein inneres Kind beachten. Eine »Herzensentscheidung« ist niemals falsch. Scheinbar falsche Entscheidungen sollten als Lernprozess interpretiert werden. Wir haben fast immer die Möglichkeit, Entscheidungen zu überdenken und gegebenenfalls zu revidieren. Sollten wir einem Mitmenschen unrecht getan haben, dann verlangt Gott von uns, dass wir um Verzeihung bitten und uns bemühen, das Unrecht wiedergutzumachen. Tut Buße! Auch wir sollen unseren Mitmenschen verzeihen, wenn uns unrecht angetan wurde. Hass und Rache fallen auf uns selbst zurück und machen unsere Seele krank!

– Viertens: Die Seele ist unsterblich! Der Tod ist nur der Übergang in eine andere Welt, eine andere Dimension unseres gewaltigen Universums. Der Tod ist besiegt, er hat seinen Schrecken verloren. Allerdings wird sich jede Seele beim oder nach diesem Übergang die Frage stellen müssen, ob er in diesem, ihm geschenkten irdischen Leben sein Potential für sich und für seine Mitmenschen voll genutzt hat. Ist dies das »Jüngste Gericht«?

– Fünftens: Liebe deinen Nächsten wie dich selbst! Sei achtsam mit deinem Körper und deinem Geist. Sorge dich um den dir geschenkten Körper und deine körperliche und geistige Gesundheit. Du hast ein Recht darauf, glücklich zu sein. Sei tolerant gegenüber deinen Mitmenschen. Sie haben das gleiche Recht wie du und du solltest ihnen helfen, dieses Recht auch in ihrem Leben umzusetzen.

– Sechstens: Nehmt euch Momente des Rückzugs aus dem Alltag. Betet und meditiert! Sucht die Stille! Wenn ihr diese Stille in eurem täglichen Leben spüren könnt, seid ihr auf dem Weg zur Erleuchtung! Wenn ihr diese Grundsätze verstanden habt und sie in eurem täglichen Leben umsetzt, dann seid ihr »erleuchtet«. Erleuchtung braucht kein Kloster und keine Askese! Das Geheimnis ist Liebe! Wenn euer tägliches Leben erfüllt ist von Liebe, dann habt ihr die Glückseligkeit erreicht, dann seid ihr im Paradies, in eurem persönlichen Garten Eden! Liebe ist das Wichtigste von allem!

Die Reaktion der Freunde strahlte Müdigkeit und Verständnislosigkeit aus. Über den Köpfen schien ein Fragezeichen zu erscheinen. Liebe?

– Liebe! Liebe ist der Atem Gottes! Liebe ist der Schlüssel zum Paradies! Ist das denn so schwer zu verstehen?

Sah ich da einen Anflug von Zorn in dem sonst ewig milde lächelnden Gesicht von Jesus?

– Schwer zu verstehen ist es nicht, aber sehr schwer umzusetzen … in der Realität, entgegnete ich, während alle im Raum zustimmend nickten.

Ich hatte das Gefühl, die letzten Stunden wären wie im Rausch an mir vorbeigegangen und ich befände mich wieder am Anfang.

Jesus beherrschte sich wieder und beendete seinen Vortrag mit weisen Worten:

– Siebtens und zu guter Letzt: Vergesst alles, was ich euch gesagt habe! Folgt nicht blind irgendeinem Heiler oder Propheten! Spürt in euch hinein! Dort liegen alle Antworten auf alle eure Fragen! Lebt das Göttliche in euch – tagtäglich!

Abschied

Auf dem Tisch standen noch exotische Früchte und Schafsjoghurt mit Honig. Der Höhepunkt des Abends war überschritten. Jesus wirkte müde. Wir alle waren müde. Aber nicht nur körperlich vom opulenten Essen und Trinken, sondern auch geistig von den energieverbrauchenden Diskussionen. Unsere Köpfe rauchten und so langsam war ich kaum noch zu einem klaren Gedanken fähig.

Jesus machte Anzeichen, dass er sich langsam verabschieden und zur Ruhe begeben wollte. Erwartete er von uns noch einen letzten Kommentar? Eine Bestätigung? Hoffte er, dass wir Haus und Hof verlassen, um ihn bei seiner göttlichen Mission zur Seite zu stehen?

– Ganz ehrlich, Jesus!, räumte Thomas ein. Wir sind ja deine Freunde und ich finde die Idee super, dass du der Menschheit deine Lebensphilosophie weitergeben möchtest. Und ich glaube sogar daran, dass es Gottes Wille ist, die Botschaft der Liebe weiterzugeben und in der Gesellschaft umzusetzen. Aber ich halte das für wenig realistisch. Die Menschen sind einfach noch nicht so weit. Da werden mindestens noch 2.000 Jahre ins Land gehen, bevor die Menschheit deine Botschaft richtig verstanden hat. Wenn sie die überhaupt je versteht …

– Mit solchen Ideen kannst du dich nicht als »Heiland«, als »Befreier« Israels verkaufen, ergänzte Judas. Die Zeloten und ihre Unterstützer werden sich enttäuscht abwenden. Trotzdem glaube ich an dich und ich werde dich auf deinem Weg begleiten. Ich bin bereit, bis an meine Grenzen zu gehen und ich glaube, dass ich in dieser Geschichte eine besondere Rolle zu spielen habe.

– Du stellst unsere religiöse Tradition infrage, du hinterfragst unsere moralischen Grundsätze und gehst selbst mit unseren heiligen Gesetzen ins Gericht! Aaron erhob sich. Das wird kein Pharisäer und kein Priester gutheißen. Man wird versuchen, dich aus dem Weg zu räumen! Ich werde dich nicht begleiten. Mein Leben ist der Tempel.

– Ich kenne die Menschen!, lächelte Jakob. Sie sind nirgendwo ehrlicher als in den Gasthäusern, vor allem nach ein paar Bechern Wein. Sie mögen oberflächliche Vergnügungen, Brot und Spiele, Hurerei, Betrügereien und Lügen. Das mit der Liebe ist den meisten zu hoch!

– Ich verstehe eure Bedenken! Jesus stand auf. Ich werde nicht jeden bekehren können. Aber so viele Menschen wie möglich sollen dieses Angebot Gottes bekommen: ewige Glückseligkeit und ewiges Leben. Das ist »Erleuchtung«! Und nicht durch strenge Askese und jahrelange Meditation, sondern nur dadurch, dass sie die Liebe in ihrem täglichen Leben, bei jeder Tätigkeit, in jedem Gedanken und in jedem Atemzug umsetzen.

Maria Magdalena stand, sah Jesus tief in die Augen und wiederholte:

– Ich glaube an dich! Ich glaube an die Liebe! Ich glaube an einen gnädigen, verzeihenden Gott! Ich glaube, dass du den Willen Gottes aussprichst! Du bist der Sohn Gottes!

Jesus lächelte zurück.

– Ich muss in die Welt gehen und die Aufgabe erfüllen, die Gott mir aufgetragen hat.

Es war spät geworden. Das Essen hatte allen gemundet, die Weinbecher leerten sich und die Besucher entspannten sich mit etwas belanglosem Gerede (»Small Talk«).

Jesus und Judas verabschiedeten sich von allen ihren Freundinnen und Freunden, umarmten und segneten jeden und wünschten ihnen alles Gute für den weiteren Lebensweg. Ich begleitete sie zur Tür und nahm beide noch ein letztes Mal in meine Arme.

Judas ging schon voraus. Ein wenig Bauchschmerzen bereitete es mir schon, dass er Jesus unbedingt begleiten wollte.

Jesus blieb noch auf der Türschwelle stehen und drehte sich zu mir um.

– Und du, Simon, wirst du mit mir gehen?

Ich sah ein letztes Mal in seine müden, aber immer strahlenden Augen und erklärte bewegt:

– Ich glaube an dich. Deine Lehre und deine Weisheit haben mich überzeugt! Liebe ist die beste Medizin der Welt. Dein Mund spricht unumstößliche Wahrheiten. Du vertrittst den Willen und die Botschaft Gottes, so wie ein Sohn an die Stelle seines Vaters tritt. Aber ich habe kein gutes Gefühl bei der Sache. Du wirst viele Anhänger haben. Aber es wird auch Menschen geben, die dich missverstehen. Ich befürchte, dass das Ganze in einer Katastrophe endet. Vielleicht wirst du diese Mission nicht überleben. Das würde mich unendlich traurig machen. Aber da kann ich dir nicht folgen. Ich bin nicht zum Märtyrer geboren. Meine Frau braucht mich, meine Kinder brauchen mich, meine Patienten brauchen mich. Mein Platz ist hier – in Nazareth. Hier kann ich meine Lebensaufgabe erfüllen. Aber deine Worte werde ich nie vergessen. Unsere Seelen sind miteinander verbunden. In meinem Herzen werde ich immer bei dir sein.

Jesus lächelte, trat hinaus in die Nacht und drehte sich nicht mehr um …

Literaturverzeichnis

Alexander, Eben: *Blick in die Ewigkeit*
München: Heyne 17. Auflage 2016

Bibel (Übersetzung von Martin Luther)

Bucaille, Maurice: *Bibel, Koran und Wissenschaft, Die heiligen Schriften im Licht moderner Erkenntnisse*
München: SKD Bavaria 1994

Calestrémé, Natacha: *La clé de votre énergie*
Paris: Albin Michel 2020

Falcke, Heino: *Licht im Dunkeln*
Stuttgart: Klett-Cotta 2020

Jacoby, Bernard: *Geheimnis Sterben*
Bisch zwäg 2004

Krug, Heinz/Unruh, Gerd: *Gehirn-Software*
Vignate 2017

Lehmann, Johannes: *Jesus Report – Protokoll einer Verfälschung*
Düsseldorf/Wien: Econ Verlag 1970

Tolle, Eckhardt: *Jetzt, die Kraft der Gegenwart*
Bielefeld: J. Kamphausen 2004 (9. Auflage)

Tolle, Eckhardt: *Leben im Jetzt*
München: Goldmann 2014 (9. Auflage)

Schmitt, Eric-Emmanuel: *L'Évangile selon Pilate*
Paris: Albin Michel 2000

Schmitt, Eric-Emmanuel: *L'homme qui voyait à travers*
Paris: Albin Michel 2016

Yogananda, Paramaha: *Autobiographie eines Yogi*
Los Angeles: Self-Realisation Fellowship 1950
Deutsche Übersetzung: Budapest 2002

Der Autor

Der Autor besuchte schon als Jugendlicher Kurse in Astronomie und Yoga. Er war schon immer daran interessiert, »was die Welt im Innersten zusammenhält«. Seine Reiselust brachte ihn in viele Kulturen auf allen Kontinenten, auch mehrmals nach Indien und in andere asiatische Länder. Während seiner mehr als 30-jährigen Tätigkeit als Arzt in eigener Praxis setzte er sich intensiv mit allen Themen aus Gesundheit und Krankheit sowie mit den Grenzerfahrungen zwischen Leben und Tod auseinander.

Die Figur des Jesus Christus übte bei ihm immer eine eigenartige Faszination aus, weshalb er ihn zur Zentralfigur seines Romans macht und ihm viele seiner persönlichen Meinungen und Erfahrungen in den Mund legt.

Danksagung

Ich bedanke mich herzlich bei allen, die die ersten Versionen des Textes gelesen und mir wertvolle Tipps und Kritiken gegeben haben, insbesondere bei meiner Frau, meinen Söhnen und Schwiegertöchtern, sowie meinen Freunden Uli, Cornelia, Brigitte, Ulrike, Frank, Mercedes, Parimal, Sabine und Werner, Brigitte und Thomas.